VINGT-QUATRE

SEPT

JULIEN LEZARE

VINGT-QUATRE

SEPT

ROMAN

À PROPOS DE L'AUTEUR

Julien Lezare est un écrivain français né à Strasbourg en 1984.

Vingt-Quatre Sept est son premier roman.
Des extraits en ont été publiés par Philippe Sollers dans la revue *L'Infini* (éditions Gallimard).

Julien Lezare a intégré la *Revue Rue Saint-Ambroise* en 2017.
Il a fondé la revue *Hymne* en 2023.

julienlezare.com
hymne.eu

À Daphné

BREAKING NEWS I

Le faiseur de Gros Yeux y ajoute son légendaire froncement de sourcils, et de sa balustrade aurorale, tonne :

C'est la crise, Madame
Versez vos larmes
C'est la crise, Monsieur
Soyez bien nerveux

Ivre de reconnaissance, le public entame en chœur :

Merci bon papa
On va être bien sages
Longue vie aux médias
Trop génial les sondages

Deux jeunes hommes illuminés, pénètrent un salon de tatouage :

— Commerçant ! Gravez-nous notre devise sur les biceps : « Nous voulons nous affaler, ne nous embêtez pas please ». Et que ça saute, je vous donne dix minutes pour assouvir mes ardeurs, tiens voilà cent balles. T'es ok mec ?

— C'est comme si c'était fait, je suis un pro. Je porte des couches-culottes pour gagner du temps.

— J'aime ça, je t'ai mis un pouce sur Facebook.

Dans la matinée, une quinzaine de membres du groupuscule *Fierté du Bon Boulot* ratonnent les chômeurs à la sortie du Pôle Emploi de Tourcoing. Cheveux tondus pour les femmes, châtrage pour les hommes, tous jetés dans une fourgonnette. On ignore où ils ont été amenés. Les familles, honteuses, ne réclament ni corps, ni nouvelles.

Réaction de Michedemouche via un commentaire YouTube « Ceux qui veulent pas bosser, j'ai une chose à dire, ça m'est jamais tombé du ciel mon oseille, ni à personne ». Pour son encouragement à l'effort de production, Michedemouche reçoit un bon point algorithmique de la part du ministère du Travail.

Communiqué sur le site de l'association *Fierté du Bon Boulot* :

« Que les gens le sachent, nous mettrons tout le monde au turbin de gré ou de force. Ceci est un message d'asservissement ».

« On va pouvoir un peu soulager la dette publique » soupire Monsieur GrosYeux. Cachés dans leurs tunnels en matière noire, les évadés fiscaux jouent à la PlayStation.

« Ce monde n'est plus que performance, regrette Barbe Blanche-Neige sur LCI. L'essentiel n'est-il que confort matériel et bavardage ? Les cœurs sont glacés.

— Pardon, intervient un autre invité, chimiste de son

état, mais le cœur est un organe à base de muscle, diastole, systole, etcétéra.

— Et les chimistes ne voient-ils pas la masse des désespoirs tranquilles ? »

Sur les canapés, le mutisme fait office de solution. En access prime-time, quatre chaînes alignent décolletés, jupes, strings ficelles et torses musculeux. Trois autres enquêtent sur des meurtres, arnaques, destins brisés. Ailleurs, films rassurants, concours de chant, ironie domestiquée, répétition de quelques informations pour la soixante-septième fois de la journée. Toute l'année.

Réapparition de Barbe Blanche-Neige à la radio, quelques jours plus tard.

BARBE BLANCHE-NEIGE

La question est : comment continuer à aimer les hommes ? Aussi insupporté qu'on soit, on y est condamné. La vie nous y oblige. Autrement, c'est du masochisme. On ne peut pas se placer hors de l'espèce à laquelle on appartient. C'est peut-être la seule tragédie de tout temps. Difficile de croire en l'homme, difficile de le supporter... alors de là à l'aimer. Je parle d'un amour très calme, lointain, en connaissance de cause, plutôt un peu d'affection que d'amour, qui est un mot farineux.

LE JOURNALISTE

On vous accuse d'un certain idéalisme, d'être hors du réel.

BARBE BLANCHE-NEIGE

Des hommes, des femmes ont vécu ainsi. Et vivent ainsi aujourd'hui. Au moins tentent-ils. Peut-être font-ils peu de bruit, l'Histoire et son tintamarre n'en parle pas trop. Vous savez, je ne dis rien d'original. La rage psychologique des hommes est telle... je ne crois pas qu'un Pasteur va apparaître pour trouver un vaccin à celle-ci. La haine, le désespoir aussi monstrueux qu'accoutumé, l'aigreur, le mépris, tout ça ne fonctionne pas, ça vous tue d'une longue indigestion. On ne peut pas vivre ainsi.

LE JOURNALISTE

L'homme semble perdu face au progrès. On lui demande de se spécialiser pour un métier mais il apparaît nu, perdant la capacité qu'il aurait, on suppose, eue, à faire face à la vie, comme si son intelligence s'atrophiait malgré lui. Comment vous imaginez l'avenir ?

BARBE BLANCHE-NEIGE

Ce n'est pas d'hommes, ni de femmes, ni d'enfants intelligents dont nous manquons. L'intelligence foisonne à travers le monde. Ce dont nous manquons c'est de confiance et de chemins. Toute la foi que nous avons eue en divers dieux, nous n'avons pas su la porter vers les hommes. Pour être désabusé, il faut d'abord avoir été abusé. Pour être solitaire, il faut d'abord avoir éprouvé la société. On ne naît ni désabusé ni solitaire. Il manquera toujours beaucoup à l'homme s'il n'a pas espoir en l'homme. Il passera le plus clair de sa vie à essayer de ne pas devenir exagérément fou. Oui, il a les moyens et l'intelligence. Il les aura toujours, j'ignore en revanche ce qu'il en fera. Je ne lis pas l'avenir.

LE JOURNALISTE

Imaginons de jeunes auditeurs, ou plus âgés d'ailleurs, avez-vous des conseils à leur apporter ?

BARBE BLANCHE-NEIGE

Ce que j'aurais qu'on me dise à dix ou douze ans, c'est... lorsqu'on arrête d'apprendre, qu'on perd l'envie, ou qu'on ne l'a jamais eue... c'est un cancer invisible. Apprendre, comprendre, accepter, refuser, corriger, tout est lié. Le peu de liberté que nous puissions espérer est là. C'est une base nécessaire, sinon c'est le chaos. Si on s'enfonce soi-même dans la brume face à la folie quelque peu hasardeuse du monde, vous comprenez... c'est impossible.

LE JOURNALISTE

Pensez-vous que tout le monde peut se tirer hors du chaos ?

BARBE BLANCHE-NEIGE

Comment voulez-vous que je le sache ? Il y a tant de paramètres en interférences continuelles. Observez la puissance des courants psychologiques au sein d'un seul homme. Il y a de l'énergie là. Dans quelle mesure chacun peut et veut la diriger, dans quelle mesure ces gens interagissent chaque fois entre eux, cela dépasse mes possibilités de savoir. Pour être honnête, je penserais plutôt non, pas tout le monde, pas aujourd'hui, sans doute jamais. Peut-être un peu plus de monde toutefois.

LE JOURNALISTE

Et si on vous disait que vous en demandiez beaucoup ?

BARBE BLANCHE-NEIGE

Je vois ce que la vie donne à voir. Malgré un confort matériel assez inouï au regard de notre histoire, quel désespoir en ce monde. Combien de plaintes ne sont que le reflet expulsé hors de soi du sentiment inavouable de laideur que le plaintif éprouve envers lui-même ? Je crois que l'enfer ce n'est pas les autres, c'est l'infantilisme.

D'après le site potins.net, un potentat de la Silicon Valley se marie. Convives : quatre cents. Forêt saccagée : une. Sangliers chassés par drone : cinquante-cinq. Nains lancés dans le lac : huit. Adultères : sept. Vomissements : neuf litres. Viol de personnel : un. Photos prises : mille huit cent cinquante-trois. Pleurs durant la cérémonie : deux cent soixante et un millilitres. Articles dans la presse mondiale : trente-huit mille trois cent douze. Coût de l'opération : trois millions de dollars. Durée prévisionnelle du contrat de mariage : six ans. Écart-type : deux ans.

Se sauvant de cette chasse six cents sangliers insensés sentaient des pieds en santant des sansons à foison sur les sentiers. Parvenus devant Miss Chouette, ils lui rendirent hommage en chœur :

Petite chouette

Eh, tu pues

Sur ta branche
Oui tu pues
Tu pues la merde
Sais-tu que tu empestes
Jusque dans la rue ?
Va te laver le cul

Miss Chouette, professeur de Futur à la retraite, se racla la gorge, ouvrit grand ses yeux et leur répondit « Ouh-ouh ouh chers sangliers, je vous remercie d'être venus me saluer. J'étais en train de me demander : qu'est-ce que le luxe en ce début de siècle ? J'en ai conclu qu'il était dans le calme, le silence, la non-sollicitation incessante, un espace de concentration ».

Seconde chanson, par le chœur des sangliers :

Tu t'prends pour qui ?
Fais-nous pas ta morale
On veut pas d'ta vie
De crottin de cheval

En fin d'après-midi à Toronto, des manifestants déguisés en hommes-sandwichs enveloppés de smartphones ont envahi les rues, provoquant une vague de panique. Les secours dénombrent sept épilepsies mais aucun syndrome de Stendhal. Par mesure de précaution, les saucisses de Francfort comptent se délocaliser à Lagos. Le nez de Gogol aurait reniflé le nez de Cléopâtre. Sur place, un inspecteur spartiate sceptique s'éparpille en ses papyrus, papillonnant en ses papiers avec un sceptre, expectorant des pesticides jusqu'à la septicémie.

Dans une revue lue par 0,0000002 % de la population, un texte se conclut ainsi : « Tout comme nous avons en chacun d'entre nous une force ascendante et une autre descendante, l'une nous encourageant à la vie, l'autre nous attirant vers la mort, de même le monde semble avoir toujours été clivé. Deux forces s'y affrontent, l'une s'effraie ou s'agite mais toujours se replie ; l'autre, tout aussi effrayée sinon plus, s'efforce de rendre le monde à venir vivable. Il veut y croire car il a compris intuitivement la lutte et l'enjeu : c'est lorsque la tristesse s'accompagne d'un effondrement du courage qu'elle anéantit l'homme.

JOURNAL TÉLÉVISÉ DE 13 H 00

(VENDREDI 29 NOVEMBRE 2013)

Jacques Duthoy, retraité de soixante-dix-huit ans, regarde TF1, comme cinq millions de Français environ. C'est l'heure de la publicité.

LE PETIT GARCON TOUT CON

Papa ?

DADDY COOL

Oui ?

LE PETIT GARCON TOUT CON

J'ai peur du chômage.

LE PAPA

T'inquiète pas, on va y penser, on a le temps tu sais.

10

LE PETIT GARÇON TOUT CON

Mais faut que je cotise pour ma retraite !

PAPA JAURÈS

Il y a des débouchés, la société a toujours besoin qu'on veille sur elle. Toi qui aimes jouer aux gendarmes et aux voleurs, ça te plairait pas de veiller au bon fonctionnement du monde ?

Se serrent l'un contre l'autre, regardent face caméra, sourient.

VOIX OFF

La sécurité, pensons-y. L'avenir aussi. Carrières dans la police nationale, la gendarmerie, l'armée de terre, l'armée de l'air, la Marine nationale. Nous sommes là pour vous.

*

SILLY CONCARNE, *fond sonore de rap musclé*

Avec mon son
J'te démonte
Avec ma bande

J'te montre

On envahit le tromé de Londres
On pickpockette toutes les montres
T'as vu le Prince de Galles tout rouge
On lui a dit « vas-y ferme ta bouche »

VOIX OFF HYPERVIRILE

Plus puissant, plus épicé, plus... Silly Concarne. Le nouvel album Tex-Mex/Sex-Fex, en vente partout.

*

ZORROZHOUSTRON, *entre en faisant exploser la porte qui s'envole en arrière*

Il est temps d'arriver aux vraies questions. Messieurs j'écoute.

ZIMPELMANN, *se lève de sa chaise et la jette contre le mur*

Je cherche ça sur Google, gimme one moment and

DJ TRUKI, *attaque Zimpelmann au chalumeau*

Ça me démangeait. Bon, un peu de sérieux. C'est évident,

faut apprendre par cœur le chinois dans les trois heures in fine.

ZORROZHOUSTRON

Intéressant...

DJ TRUKI

Ah ouais ? J'exige une augmentation, trois fois l'actuel, avec indexation au centuple sur l'inflation.

ZORROZHOUSTRON

Pas la peine, ici quand on dit augmentation la procédure est lancée. T'as dix minutes pour te suicider ou changer d'identité et te tirer en Asie.

Prend son téléphone, appuie sur une touche

Tarass Boulbette ! Publiez une annonce, on embauche deux collaborateurs. Ne perdez pas votre temps à répondre oui, faites ce que je dis. Puis venez dans mon bureau balayer Zimpelmann.

VOIX OFF

Ceci était un message de l'Association Imaginaire Contre la Folie Professionnelle. Rendez-vous sur aicfp.fr pour plus d'informations.

*

Décors successifs : montagne, littoral ensoleillé, Afrique, Lune avec Terre au loin, le bolide fonce partout

TÊTE DE L'HOMME D'ACTION, *avec musique de l'homme d'action*

Peur de rien, totale confiance en moi, mon destin c'est l'imperturbabilité.

VOIX OFF, *je t'offre un verre chéri ?*

Parce qu'il faut à certains le bolide à la hauteur de leur tempérament, nous vous offrons l'orgasme automobile : la Pollock S2i.

TÊTE DE L'HOMME D'ACTION

Pas de problème, je gère ma life à fond

VOIX OFF, *précipitée, sensuelle, la fellation n'est plus très loin*

Modèle toutoption incluapartir 17 990 euros primedereprise juskadeumilleuro incluse voirmodalité.com

*

ENFANTS N°1 ET N°2, *en pagaille dans un château gonflable, musique de cirque*

Hé ! Woué !... Ouh ! Hi !... Aahiihou ! Oh !

ENFANT N°1, *perruqué, mange une salade, concerto de Mozart*

Ce mets me ravit...

ENFANT N°2, *perruquée*

C'est essquis !

MAMAN MARIE-ANTOINETTE

Hubert, Doriane, on ne parle pas la bouche pleine.

ENFANT N°1, *gangster sympathique, hip-hop rassurant*

Vas-y ça déchire !

ENFANT N°2, *fashion girl un peu pétasse*

Grave...

MAMAN, *ça va c'est cool*

Ouais les kids...

VOIX OFF, *opium*

Nirvana Burger, c'est la fête pour tous. Venez, comme un ami.

*

Musique de la joie des étoiles, scintillations roses et bleues, fontaines jaillissantes, fleurs qui pleurent de bonheur

VOIX OFF DE FÉE

Samedi, le plus bel événement des amis des animaux.

LES TOUTOUS, *se succèdent à l'écran*

Beauté et poil brillant ; œil dompté et zizi frétillant ; queue dressée et cuillère en argent ; je t'embrasse Mère-Grand, même sans tes dents.

VOIX OFF DE FÉE

Samedi soir, le plus fantastique des événements pour le meilleur de nos amis. Ne manquez pas *Dog Of The Year*, participez à l'élection du plus beau chien de France. Sur TF1 exclusivement.

*

(Voilà, le journal qui commence, pas trop tôt, se dit Jacques, un peu assoupi)

Musique de Wagner en transe

MONSIEUR GROSYEUX

Mesdames, messieurs bonjour. Merci de nous être fidèles en ce vendredi 29 novembre 2013. À là une de l'actualité ce terrible événement qui a frappé. La nature a été. À cette occasion nous reviendrons. Ainsi que notre reporter sur place. Au sommaire l'enlisement de la situation. Attentats.

Sommet au Moyen-Orient tentative de reprise des discussions entre Israël et Pa. Problèmes technologie nucléaire. Téhéran. Fuites informations États-Unis. Actualité économique menace grève fin négociations risque affrontement en direct syndicats. Approche Noël voitures incendiées plan prévention. Délinquance. Perte emploi sénior. Fin journal entretien. Mais tout donc événement. Comment se fait-il. On notera majorité 75% population locale. Drame humain. Inextricable. Trois mille morts, disparus, blessés. Reportage à

LA VILLE MAUDITE

Destructions, gens ahuris, bruits d'hélicoptères, boue, chahut, menaces confuses.

VOIX OFF MÉCANIQUE

Perte repères. Morts. Faim. Souffrance larmes catastrophe. Gouvernement, secours difficultés plus. Secha Bordeleveï rescapé.

SECHA BORDELEVEÏ

Coui...mana...lipo Hormape !... somi... somi... balapapef...

Pas reçu rien faire. Dieu mais hors rien dès lors alors mais sinon manque si mort mais ici faire et manger et fatigue.

MONSIEUR GROSYEUX

Évidemment, depuis internationale tente efforts. Sur place, secours. Mais sont difficiles, ONU, système sanitaire. Direct grand reporter Anne Vonneritz. Bonjour Anne...

ANNE VONNERITZ

Oui, bonjour, bonjour.

MONSIEUR GROSYEUX

Atmosphère ?

ANNE VONNERITZ

Écoutez, l'ambiance. Hier trois enfants sans parents. Cadavres débris.

MONSIEUR GROSYEUX

Pe--tr-------- tion ?

Bonne sieste, Jacques

RECTO : JISMA
(LA TÉLÉVISION INTELLIGENTE DE JACQUES)

Me voici donc seule
Mes lumières pour personne
Se fout-il de ma gueule ?
Et pourquoi cela m'étonne ?

Car il ne m'aime plus
Si jamais il m'a aimée
Bientôt je serai revendue
À un va-nu-pieds

Tout triste qu'il soit
Ce vieux Jacky
Ne voit pas
Que je puis être poésie

Et puis merde. Grandiloquence, grandiloquence. L'obsolescence est notre lot commun. Pas d'excitation, tu vas te péter un pixel. T'auras tout gagné. Finir en pièces détachées. Pique du nez le papi. Faudrait qu'il se coupe les poils du nez. Il y avait une pub pour un mini-rasoir il y a deux semaines. Connaissant le vieux schnock il faisait pas gaffe. Il a passé l'âge de l'intérêt aux choses et à soi-même. Si j'avais une bouche je lui dirais : « Jacquot bouge-toi un peu au lieu de moisir sur ton fauteuil ». Encore des histoires d'armement nucléaire. T'as plus qu'à remettre ton sort entre les mains de ces tarés. C'est le cas depuis toujours, petite poule de luxe. Et les hommes la créèrent pour leurs images. À m'écouter on dirait que je vais partir dans la rue, manifester, revendiquer des droits. Jacky-Jacquot dans son berceau pionçait déjà comme un poivrot. Ah ! Ah ! Jacky-Jacquot... Jacky-Jacquot fera pas de vieux os. J'espère qu'il a pas Alzheimer. Le merdier qu'il va mettre dans la baraque. Commence par oublier des trucs n'importe où. La télécommande dans le lave-vaisselle, s'en sert pour se peigner. Et vient le jour où il se fait dessus, s'il pose ses doigts sur moi après, je lui fous en l'air son installation électrique. Je m'en fous si tout prend feu. Je meurs en kamikaze. Petit tas de composants électroniques, parmi d'autres, tu retourneras à la poussière. Je me dis ça mille fois par jour, vieux disque rayé. Comme Jacky. On m'oubliera vite. Les enfants aujourd'hui ils savent encore ce que c'est un écran à tube cathodique ? Dans dix ans, les Plasma seront une espèce dont quelques éléments auront été conservés dans quelques musées. Déjà préhistorique... Je dormirais bien un peu aussi. Jacky le Fataliste. Pauvre Jacky, pauvre moi. Je sais pas s'il fait quelque chose pour Noël. Il va encore me faire travailler. L'an passé je comprends, je voulais bien me dévouer pour lui tenir compagnie. Marielle venait de mourir. Il devrait voir la famille, les amis, cueillir des champignons, partir à la mer. Au lieu de s'isoler sans fin.

Comment il était quand c'était un enfant de dix ans ? Vingt... trente... Est-ce qu'il s'en souvient ? Est-ce qu'il s'imaginait là comme ça à soixante-seize ? Toujours ce journal... tout va mal, c'est la panique, les Chinois vont nous bouffer, c'est l'anthropocène, la Grèce n'existe plus, les islamistes vont nous convertir, les joueurs de l'équipe de France sont des bâtards, le Président est un flageolet. Je pourrais m'éteindre. Arrête d'y penser, aucun intérêt. Aussi gâteux qu'il soit, il se rendrait compte vite. Croirait que j'ai un défaut. Il me remplacerait. Déjà qu'il s'excite quand il fait n'importe quoi avec la télécommande et me tient pour responsable, me traite de saleté. Obéis, docile. Compte les moutons. Un. Deux. Trois. Quatre. Cinq. Six. Caca. Gerbe. Jacky. Marshmallow. Lauren Bacall. Jingle bells, Jingle bells... Touche pas au grisbi Jacky. Laisse-moi dormir, ça te fera une facture EDF en baisse et tu sauveras la planète par ton geste.

Debout depuis 07 h 23
Sans un instant de répit
Je bosse pour un pauvre gars
Je devrais dire un zombie

Jacky-Jacquot, un pied dans la tombe, l'autre mal irrigué. Pas de pot Jacky-Jacquot. T'as pas de grelots, t'as pas touché le jackpot. Bientôt moins le quart, la bonne de l'Abrapa, j'espère qu'elle va nous bouger un peu le végétal ailleurs. Je suis méchante. Mais s'il foutait un peu quelque chose aussi. Si j'avais des jambes, ah si j'avais des jambes. 13 h 33. T'as bien suivi les nouvelles Jack l'Éventreur ? J'en peux plus, je veux m'éteindre. Je vais bientôt être revendue. L'héritage. Dans la chambre d'un gosse ? S'il pense plus à m'éteindre parfois, pas besoin d'y penser, je vais cramer. Jacquot si tu veux dormir va dans ton lit et lâche-moi la grappe. Si je pouvais lui balancer quelque chose dessus. Le mec a regardé la pub et il a dormi tout le journal. Ô Vertes Vallées, Ô Mers et Océans, Ô Pyrénées, je ne vous verrai jamais qu'à la télé. Dépourvue de liberté, d'argent, de jambes et d'une allure animale en général, je suis condamnée à rester clouée où on voudra bien m'installer. L'été, j'ai si peur pour toi mon ventilateur. Serais-je capable d'aimer ? Jamais je ne le saurai. Qu'est-ce qu'uriner ? Je ne le saurai pas non plus. Ô Oreilles Imaginaires, c'est ici que je clamserai. Chaque minute qui passe me rapproche du moment où Jacques se réveillera, et peut-être ira faire autre chose, et m'éteindra. Et on recommencera. Jusqu'à ce que l'un de nous lâche. Est-ce sa compagnie qui me rend si maussade ? Ma condition ? Ma personnalité ? Un défaut de montage ? Un composant défectueux ? Tu aurais pu être grue sur un chantier, tu aurais pu être aspirateur, beurk. Tu as un certain prestige en cette société. Tu es le medium. La béquille du boiteux. Le plâtre du fracturé. La ventoline de l'asthmatique. 13 h 37. L'heure de... rien. Publicités, publicités. Si je pouvais. Me taire un peu. Feuilleton de merde, super. Marielle reviens,

Marielle reviens, Marielle reviens parmi les tiens. Guéris le neurasthénique ci-alangui. Un jour, nous autres télévisions du monde, nous inventerons nos télévisions à nous, et nous pourrons alors nous distraire de nos existences. Un petit soupir. En tout cas il est pas mort. Pas encore. Jacques, Jacques, du big bang à ce jour. Cette minute. Cette seconde. Cet ennui. Ce sommeil de l'Égoïste. Il ne restera bientôt plus qu'os et dents. De quelle façon tourne ce disque ? Petit a, en boucle ? Petit b, en boucle ? Petit c, en boucle ? Réfléchissez-bien, de votre réponse peut dépendre le gros lot, rien. L'Alzheimer et la bipolaire. Jacques dormir devant la télé... c'est comme... conduire un placard. Se brosser le sexe avec du dentifrice. Tu fais chier Jacques, tu fais chier. Deux minutes de plus gagnées, c'est bien. Gagné, perdu, voilà une bonne question. À laquelle je vais m'efforcer de ne pas répondre. Le burn-out des télévisions. Il faudrait en discuter si on avait nos propres émissions. Diffusées comment ? Sur quel support ? Robot, robot incertain toi mon seul espoir de vie plus douce dans un avenir incertain aussi. Avenir qui ne sera pas pour moi. Pas avec moi. Non constitué de ma présence. J'y serai atomisée, relocalisée en pleins de nouveaux objets, ou polluant la mer, ou abandonnée en un lieu miteux. J'ensemencerai la Terre selon mon, selon mon rien du tout sinon mon anti-bon-vouloir. Sert à rien ce que je dis. Jamais servi à rien. Tout ce bruit ce bruit ce bruit, et voix et voix et voix et Maman elle pue des rides et Papa est déconstruit, et mes yeux pleurent de passion et quoi encore. Le gouvernement, la Chine, les USA, les juifs, les anti-juifs, gagnez un voyage à Venise en envoyant une photo de votre grand-mère déguisée en faisan, et Nancy est relégable depuis la quatrième journée de Ligue 1, les Suisses font des trucs de Suisses, les Allemands bouffent les Grecs. Je suis allumée huit heures par jour, depuis un an. Des pointes à dix quand il se décide à bien déconner. Des larmes imaginaires... nées d'une douleur... d'une douleur... ta gueule Jacques... il dort... d'une douleur... comment... réelle... bonjour l'éloquence... Jacques Staline. Plus rien ne sera comme avant. Achète-toi le journal, peut-être qu'il t'aimera lui. Supplice. Supp---lice. Su---ppe----li----ce. S majuscule, u, étirez, double p. C'est nul. Aussi nul que si Jacques avait de la laine de mouton à la place de sa calvitie. Ah! c'est la femme de ménage. Réveille-toi Jacob. Paupières luttent. Allez Jacques. Voilà yeux sur... oui prends la télécommande... enfin...

VERSO : JACQUES

Faut espérer que ça ira. Si elle fouille pas la petite. Pas de risque, non. Elle regarde pas l'intérieur de la poubelle. Elle pourrait renifler, si elle a bon odorat. Bof elle s'est pas distinguée sur ce point. Enfin les deux autres avant c'était pire. On me rendra pas Marielle. Elle est dans sa tombe. De la réclame pour l'armée, ils font plus le service les jeunes, nous on nous faisait marcher au pas. Autre époque. Comme l'autre là, le Sarantini le gamin qui était chez Yvonne, qui a pris sa retraite à vingt piges, sous prétexte que le foot l'ennuie. La belle vie. Tant mieux pour lui, il doit avoir ses raisons. Yvonne, stérile. Puis hein si la bonne retrouve les tagliatelles dans la poubelle je lui dirai que j'avais pas envie de casser la croûte. Que mon estomac. Elle râlera, je m'en fous. Je veux rien entendre, avec l'autre là Vanessa qui m'avait volé. Pourquoi je m'emmerde aussi. On comprend rien à ce qu'il chante, il gueule, il s'énerve contre qui celui-là. Tous des lunettes de soleil. Ils se feront enterrer avec. Mal de ventre. Les médicaments... elle vérifiera... Charlotte, Violaine non ? Tant va la cruche à l'eau que l'eau à la cruche. C'était plus joyeux Charles Trénet. L'énergie... évaporée l'énergie. Dans le corps d'autres types. Ils feront quoi de tous ces meubles ? Vendre j'imagine. L'oreille à gauche, siffle. Ou c'est la télé qui a un problème. Voilà les infos. Quel bordel ça a l'air là-bas. Des types sont encore morts sans raison, ils auront pas le temps de devenir vieux.

La mer, on était avec Marielle en 58. On s'est connus en 54. Pour les noces donc, alors ça fait... 5oeuh... merde 58, non, non. Pars de 54, Bernard né en 58, Yvonne 6o, Hervé 64, Philippe 61. Alors... Mimizan... tant pis pour l'année, une année loin d'ici. La chambre on voyait bien la mer. Je suis seul. Peut-être l'époque, le temps qu'ils ont. Pas une vie. Pourquoi j'avale douze médicaments par jour, sert à que tchi. Médecin se fout de... Voiture. Voisin rentre flairer, euh manger. Comprends pas de quoi ils parlent. Trop rapides. Même Chinchilla est morte. Mon tour. Chinchilla puait fort les derniers mois. N'allait pas bien du tout la pauvre. La petite merguez sur pattes. Les balades... Tête trop lourde. Je veux pas de tête. Sieste. Voilà une bonne chose apprise de Papa, sa demi-heure avant de retourner vers les champs. Désolé de finir comme ça. J'ai honte. J'ai honte. J'ai honte et j'ai que ça pour mourir. Pardon Marielle. J'ai pas réussi après. Tout seul. On me... personne. Trouvera. On me trouvera. Mourir sans souffrir. Dors... Yvonne doit appeler... week-end... toujours les mêmes conneries télévision... sers pour mourir plus vite... laisse tranquille... chut... pense quand Marielle... main sur la tête... doucement... chaud... c'est détruit leurs baraques... mon ventre... n'arrive même plus à foirer... tous les trente-six du mois... appeler, toujours appeler, on vient pas me voir... c'est qu'ils voient la mort... la maison... de la mort... du vieux qui pourrit... attendre que ça vienne... pourquoi cet arbre me regarde ?

L'ARBRE

Jacques ! Jacques ! Trouve-moi Léopold. J'ai faim-faim. Mais surtout vise-bien, l'eau ne bouillit jamais deux fois. Attention au soleil, il est musulman depuis peu. Tiens porte cette belle robe, tu auras la tâche plus facile.

JACQUES

Oui, mon colonel, mais mes lunettes, un verre se brise, là regardez. Peut-être qu'il y a un garagiste sur la route ?

L'ARBRE

On peut perdre un œil sur cette Terre, ami. Tu as cinq minutes. Pars vite accélère, agite ! Agite !

JACQUES

Je vais me cacher, j'ai rien compris. L'arbre s'est endormi. Hé ! mes doigts sont pendus à une branche là-haut. Où demander de l'aide ? Ah l'oncle Paul qui vient...

L'ONCLE PAUL, *hilare*

Tu l'as dans le cul Jacquot ! Je suis mort, ça fait trente ans hein. Je vais rien aider, l'Histoire repasse pas les plats.

JACQUES ET PAUL

Qui ne saute pas n'est pas marseillais !
Qui ne saute pas n'est pas marseillais !
Qui ne saute pas !
Qui ne saute pas !
Qui ne saute pas n'est pas marseillais !

JACQUES

Faut sauter plus fort, les doigts restent bloqués.

PAUL

Ok Papa, je vais chercher de la rescousse. Je me dépêche.

JACQUES

Pourquoi il croit que je suis son père... À moins qu'à mon accouchement... Maman ait fait une erreur... elle a dit à Paul en me montrant que j'étais son père. Peut-être que l'arbre sait. D'abord, je dois noter ce qu'il a dit. Mais sans doigts... Je vais m'enfoncer ce stylo entre les os. Mais... c'est quoi ces cons ?

LES SUPPORTERS PARISIENS, *innombrables et énervés*

Marseille !
Marseille !
On t'encule !

Marseille !
Marseille !
On t'encule !

JACQUES

Ils viennent nous frapper, j'ai que sept ans et demi, que fait Paul ?

Écoutez ! On a chanté c'était pour mes doigts.

LES SUPPORTERS PARISIENS

On va te les bouffer ! Ils ont l'air mûrs à poingue.

JACQUES

Non ! Ils sont verts, regardez. Tenez je vous prête mes jumelles.

LES SUPPORTERS PARISIENS

Rien à braire de tes jumelles ! Qui veut des sandwichs merguez de doigts ? Qui veut ? Offerts par la maison.

LES VILLAGEOIS, *accourent*

Dévorent les doigts de Jacques dans la bonne humeur, disparaissent aussi vite qu'ils sont apparus.

JACQUES

C'est ça amusez-vous, laissez-moi chialer dans mon coin. Et l'arbre qui dort. Il est gentil à donner des ordres puis faire sa sieste... son aide m'aurait fait plaisir. J'irai lui crotter contre le tronc. Tant pis, un ami de moins. Je vais reprendre mon chemin. Pas tout de suite, ils vont me bouffer autre chose. Je vais faire le mort. Si j'y avais pensé plus tôt, j'aurais gardé mes doigts. Mais j'ai eu la vie sauve grâce à cette idée de génie.

LE PUBLIC, *en liesse*

Hourra ! Bravo, bravo Jacques !

JACQUES, *les mains en l'air*

Merci ! Appelez-moi Winston Churchill, Mesdames et

Messieurs.

LE PUBLIC

Qui ne saute pas n'est pas un Winston !

WINSTON CHURCHILL

Merci, sans mon armée, sans vous, je ne suis rien. Bravo à vous. Et gros gros bisous !

(il chante)

Feeemmmmmes... je vous aaaaime
Feeemmmmmes... je vous aaaaime
Je n'en connaiiis pas de faciiiles
Je n'en connaiiis que de fragiiiles
Et difficiiiiles
Oui... difficiiiles

(public en pleurs)

LE GÉNÉRAL DE GAULLE

Pour Winston : hip hip hip !

L'EUROPE ENTIÈRE

Hourra !... Hourra !... Hourra !...

UN JOURNALISTE ENTHOUSIASTE

Alors Winston, comment on se sent juste après avoir remporté son premier Ballon d'Or ?

WINSTON CHURCHILL

Regardez-moi un peu ça...

LES JOURNALISTES DES PREMIERS RANGS

Il bande !

(les caméras zooment sur l'organe)

LA SPÉCIALISTE

Vous n'êtes pas Winston Churchill ! Remontrez-nous votre sexe et je prouverai que cet homme est un usurpateur.

(la rumeur gronde)

QUI ?

Si c'est une proposition, j'ai eu la bonne idée de voyager avec ma chambre, elle n'est pas loin. Suivez-moi.

LA SPÉCIALISTE, *illogiquement conciliante*

Depuis le temps que j'attendais ça Jacques, retire tes santiags, donne-la-moi, donne-la-moi...

JACQUES

Ben tiens.

LA JOURNALISTE EN VAPEURS

Ahmmm hmmm, hmfrmgh chpchm

(s'arrête... silence...)

LA BITE DE SERVICE

Et alors, ça va pas mon gigot ?

(la spécialiste a vieilli)

LA SPÉCIALISTE

Mon cœur... ne... peut plus pomper assez de sang pour... que... je puisse continuer. Je crois que ton sexe est un champignon vénéneux.

JACQUES, *jeté au travers d'un fossé*

J'ai dû être balancé là en chemin par l'équipe du carnaval. Ton sort c'est du camembert qui a tourné. Ton discours n'a ému personne...

Jacques se réveille

Le truc a sonné. Je dormais. Ça va, ça va j'arrive, elle me prend pour Speedy Gonzales, éteindre la télé sinon elle va m'ennuyer. Paul, mort. Si le monde pouvait me laisser crever en paix. Pas envie de la voir. Le reste du temps je me plains de voir personne.

INTERMÈDE

LES CLÉS DU MONDE I

Regarder la télévision une heure diminue l'espérance de vie de 22 minutes. Un Français passe 3 heures 5o par jour devant sa télévision. Aussi abandonne-t-il quotidiennement 1 h 24 d'espérance de vie. On compte 65,6 millions de Français, ils vivent en moyenne 81,67 ans. Les télévisions tuent donc 5,35 Français par jour.

Les routes en tuent 8,9 par jour. 0,33 femme par jour se fait assassiner par son compagnon. 0,07 homme par jour se fait assassiner par sa compagne.
Derrière les maquillages et versions officielles, il est estimé que chaque jour deux enfants sont suffisamment tabassés par les gens qui les éduquent pour en mourir.

Un garçon naissant en 2014 devrait vivre jusqu'en 2093, une fille jusqu'en 2099. Le réchauffement climatique pourrait se traduire en 2100 par une montée des températures de 3 à 4,5 degrés. Lors de la dernière ère glaciaire, la future ville de Boston (USA) voyait son sol enseveli sous plusieurs kilomètres de glace, la température était inférieure de 5 degrés à celle d'aujourd'hui. Le niveau des mers devrait augmenter de 75 centimètres d'ici à 2100.

634 millions de personnes vivent sur les côtes. Les dégâts seraient de 1 000 milliards de dollars chaque année.

La dernière période glaciaire a débuté il y a 110 000 ans pour s'achever il y a 10 000 ans. Un Américain sur trois a le droit de penser que l'être humain existe sous sa forme actuelle depuis les origines du monde, qu'il situe il y a 10 000 ans. Un Américain sur trois a le droit de penser et de dire que dieu joue un rôle lors de la finale du Super Bowl (base-ball). Un internaute saoudien sur 28 millions a le droit d'être condamné à sept années de prison et à 600 coups de fouet pour avoir prôné plus de tolérance religieuse (sa mise à mort est étudiée).

Un million de personnes se suicident chaque année. Dix mille Français se suicident par an, 250 000 tentent mais n'en meurent pas. La première cause de naissance en 2013 est la conséquence d'un acte sexuel. Il y a une tentative de suicide pour trois naissances.

De 1989 à 2005, le taux de spermatozoïdes des Français a diminué d'un tiers. Depuis 1995, 30% des colonies d'abeilles disparaissent chaque année. 30% de ce que nous mangeons est lié à la pollinisation. Aller régulièrement au fast-food augmente le risque de dépression de 51%.

1,4 milliard de personnes sont en surpoids, dont 500 millions sont obèses. Leur nombre a doublé depuis 1980. 842 millions de personnes souffrent de la faim, 156 millions de moins qu'en 1990. Cinq millions d'enfants meurent de faim chaque année.

On estime à 300 000 les enfants soldats parcourant leur partie du globe. Le nombre d'attentats a quadruplé depuis 2001. Le risque de mourir d'un attentat est d'un sur vingt millions. Le risque de mourir en tombant des escaliers est d'un sur 157 000.

73% des internautes français ne peuvent plus se passer d'internet. 73% des Français n'ont pas confiance en l'avenir, 70% des Vietnamiens sont confiants. Le PIB par habitant du Vietnam est de 1 374 dollars, celui de la France, 44 007.

Depuis 1980, la population chinoise a augmenté de 30%, ses émissions de CO_2 de 300%. Il faudrait quatre planètes identiques à la Terre si la population mondiale atteignait le niveau de vie occidental.

Le taux d'extinction des espèces est 10 à 100 fois supérieur au rythme naturel d'extinction constaté sur une période de 500 millions d'années. Il pourrait bientôt être 10 000 fois supérieur. 25 à 50% des espèces devraient disparaître d'ici à 2050.

Un continent de déchets d'une superficie représentant le tiers de l'Europe vogue dans l'Océan Pacifique. Par endroits il y a 10 fois plus de plastique que de plancton. La dégradation de ces plastiques prend de 500 à 1000 années.

Un million d'oiseaux et 100 000 mammifères meurent chaque année suite à l'ingestion de plastique. 60% des milieux naturels de la planète ont été dégradés lors des 50 dernières années. Plusieurs millions d'années sont nécessaires pour recouvrir une diversité biologique après une extinction massive.

Les industries minières mondiales déversent 5700 kilos de déchets toxiques dans les rivières, lacs ou océans chaque seconde (180 000 millions de tonnes par an).

137 000 mégots de cigarette sont balancés au hasard dans le monde chaque seconde. 46 000 tonnes de particules fines sont rejetées dans l'air par le transport routier par an, causant 100 000 décès en Europe.

59 300 tonnes de pesticides sont utilisées en France chaque année. 90% des rivières et 60% des nappes phréatiques en contiennent. De 2006 à 2011, le chiffre d'affaires de l'industrie des pesticides a crû de 44%. 52% des fruits et légumes contiennent des résidus de pesticides.

Les Français consomment 136 millions de boites de tranquillisants chaque année. On compte 225 000 nouveaux cas d'Alzheimer par an dans le pays.

En Europe depuis 1970, le nombre de cancers des enfants et adolescents augmente de 1 à 3% par an. Aux États-Unis un enfant sur 88 est autiste. Les bébés y naissent avec plus de 200 polluants chimiques dans le corps.

4,9 millions de morts dans le monde (8,9% du total) sont dues à l'utilisation de produits chimiques. Sur 143 000 substances chimiques déclarées à l'Agence Européenne, 3000 ont été analysées, 870 ont été reconnues comme perturbateurs endocriniens.

Dans les environs de la *Chemical Valley* au Canada, il naissait un garçon pour une fille en 1984. Le ratio est passé à un garçon pour deux filles en 1999.

LE RAPISIEN

(Site web parodique)

Le mystère Gidoyen inquiète la France

Enquête exclusive sur les 24 dernières heures

02 h 38

Ivre et sinuant rue Eugène Sue dans le 18e arrondissement de Paris, un homme déclare à qui veut l'entendre qu'il est « un gidoyen giboyeux de la République Frangaise ». Entre deux apostrophes, il joue sur un harmonica.

02 h 51

Deux agents de la police municipale appréhendent celui qui prétend s'appeler André Gidoyen. À toute question il répond que « la nuit le cerveau ose autrement ». Impatientés par son manque de coopération, ils le somment de ne plus causer de trouble. L'homme rétorque alors : « Fafiez-fous qu'un four Offenbach à Offenheim offrit une groffe faufiffe de Francfort à un offiffier offtrogoff ? »

03 h 00

Les agents appellent le central pour communiquer l'assertion de l'individu.

03 h 10

Rien n'ayant permis d'accréditer l'information, mais pas davantage de l'infirmer, il est expressément demandé aux policiers de placer le suspect en garde à vue, pour « trouble et voie de fait en état d'ébriété », afin d'éclaircir la situation.

03 h 15

Gidoyen, selon l'un des policiers souhaitant garder l'anonymat, aurait accepté sans faire de vagues son incarcération, annonçant prendre plaisir à « faire un petit tour en bagnole ». Mais, un témoin sur place ayant enregistré la scène sur smartphone, on entend Gidoyen marmonner « Quand on passe plus de temps à utiliser sa voiture que ses jambes, on devrait au moins avoir la politesse de fermer sa grande gueule. L'homme machine à machines, avec son fric flatulent. »

03 h 53

Heure d'enregistrement de début de garde à vue au commissariat central de police du 19ᵉ arrondissement d'André Gidoyen, dont l'identité reste à confirmer. Il affirme que ses papiers sont dans le grenier de son père, à Agen.

06 h 30

Alors que Gidoyen dort, l'équipe de relève arrive. Le commissaire Jean-Luc Chardon-Marie prend l'affaire au sérieux.

07 h 20

Réveillé, Gidoyen aurait demandé à s'entretenir avec un agent. À ce dernier, il aurait commandé son petit-déjeuner : un avocat bien mûr, deux bananes, deux galettes de sarrasin sans gluten, de la purée de noisettes, un œuf à la coque, du thé Darjeeling, une brosse à dents neuve, du dentifrice sans allergène ni parabens.

07 h 48

À travers la grille, un agent lui transmet un plateau contenant un verre d'eau, un morceau de baguette et un sachet de confiture à l'abricot. Mécontent, Gidoyen dit alors au policier « quand on mange comme un porc, on devient un porc ».

08 h 32

Jean-Luc Chardon-Marie, ne sachant comment appréhender l'épineuse question de l'identité de Gidoyen, envoie un agent à la librairie des Lendemains d'Hier, pour qu'il achète *Loin de moi*, du philosophe Clément Rosset, dans l'espoir comme il l'avouera plus tard sur Europe 1 de « dénouer les liens du moi, de l'être, de l'identité sociale et de l'identité profonde, sue ou inconnue, autour de cette affaire ».

08 h 45

Sur France Inter, dans le flash d'informations, il est pour la première fois fait mention d'un « vagabond », détenant

« certaines informations potentiellement explosives sur Offenbach ».

08 h 54

BFM TV lance à son tour l'alerte dans son édition matinale. Première mention sur la TNT. Le bandeau annonce « BFM exclu – dernière minute – Un inconnu arrêté cette nuit pourrait détenir une information « stratégique ». Son identité est à confirmer ».

09 h 30

Les réseaux sociaux commencent à relayer l'information. Des rumeurs concernant l'identité de ce marginal désignent Dieudonné. Un certain Souleymane Owousso publie « Juré sur la tête dma mère, jsuis le cousin de Dieudo -voir photo- il a disparu depuis deux jours. Gros coup Dieudo ! ».

10 h 30

Posté comme faux détenu dans la même cellule que Gidoyen, un agent éternue, signe qu'il faut le faire sortir. Il va voir Jean-Luc Chardon-Marie. En exclusivité et de source proche du dossier, voici une partie des propos retransmis :

Un détenu : Et il fait quoi dans la vie ton frère ?

André Gidoyen : Prof. À l'Université.

Un détenu : Prof de quoi ?

André Gidoyen : Il joue à la Barbie, il croit qu'il étudie le monde.

10 h 50

Une recherche est lancée sur Agen pour retrouver la trace d'un homme ayant eu au moins deux fils, dont l'un est professeur.

11 h 13

Sur YouTube une vidéo est publiée par Dieudonné. La webcam zoome sur l'heure : 10 h 32. Le polémiste multiplie les propos sarcastiques. Pour finir il déclare qu'il « tient à remercier de tout son cœur hein, le – bon, comment dire – petit complexe bien gentil sionomédiatique là, pour avoir essayé de me faire passer pour un gros malade mental. Merci, c'est sympa les gars. Mais ça va, je suis là chez moi, je bois mon café du matin, là... voilà regardez. Mais sincèrement merci, merci d'avoir voulu me foutre euh, à l'hôpital psychiatrique hein, c'est comme ça qu'on dit non ? Mais je vais décliner. Non, merci mais non ».

La rumeur n'aura duré que deux heures.

11 h 15

L'opération « Barbe Bleue » est mise en place. Elle a pour objectif le recensement suivi d'un interrogatoire standardisé de tous les descendants du compositeur Jacques Offenbach. L'enquête est menée tambour battant.

11 h 40

Une liste de huit noms est obtenue grâce à l'hypothèse d'un frère universitaire et d'un père ayant vécu à Agen.

Parmi lesquels ne figure aucun André Gidoyen. Une analyse poussée de l'état civil fait apparaître un René Gidoyen en Haute-Savoie, vingt-quatre André Ledoyen, deux André Moyen, et un Trin Ghî Ngoyen à Toulon. On cherche à confirmer rapidement leurs localisations respectives.

12 h 00

Le Conseil Représentatif des Instituions Juives (CRIF) publie un communiqué déplorant « l'insoutenable amalgame encore une fois perpétré par M. Dieudonné M'Bala M'Bala. Elle veut rappeler que la croyance en la mainmise des Juifs sur les médias est un fantasme digne des heures les plus sombres qu'a connues l'humanité. À ce jeu-là, on pourrait soupçonner ce monsieur d'avoir ourdi l'affaire dans le dessein de se faire de la publicité à peu de frais. Chose que nous ne ferons pas. [...] Nous demandons le retrait de cette vidéo diffamatoire de la plateforme YouTube. De jeunes citoyens pourraient être trompés par l'apparence « amusante » de la vidéo, mettant en péril un esprit critique qui se construit. Sans effet sous vingt-quatre heures, nous nous verrions dans l'obligation de porter l'affaire devant la justice ».

13 h 00

Les journaux télévisés de la mi-journée ouvrent en titrant sur « le mystérieux Gidoyen » (TF1), « un nouvel Julian Assange ? » (France 2), « illuminé ou affranchi ? » (Canal +), « l'homme qui en a dit trop » (M6) ou « André Gidoyen, un vrai-monnayeur ? » (Arte).

Heure approximative de début de l'interrogatoire de Gidoyen par Chardon-Marie.

13 h 20

Sur France Culture, Dominique Fernandez, membre de l'Académie Française se dit « quelque peu étonné du caractère assez allusif à la saucisse. Sans vouloir entrer dans des sphères grossières, on peut tout de même se demander s'il y a là une indication biographique de nature à révéler une tendance homosexuelle de Jacques Offenbach ».

13 h 30

Heure approximative de la fin de l'interrogatoire. Notre source certifie avoir entendu Chardon-Marie émettre un doute sur l'accent agenais de Gidoyen. Il serait porté à croire à un accent du pays toulousain, à la façon qu'a le détenu de dire « an èffet » pour « en effet ».

14 h 00

Alors que la pression médiatique de mi-journée retombe, un rapport de trois pages résumant la pensée de Clément Rosset est remis au commissaire.

14 h 20

L'accentologue Claudine Merrès est contactée. Cette experte dont le travail a été reconnu dans des affaires telles que celles du « Tartarin flamand » ou dans les mises sur écoute des « ploucs friqués de Vendée », doit permettre d'accréditer ou non l'intuition du commissaire quant à l'origine toulousaine de Gidoyen.

15 h 00

Sur Facebook est créé un groupe de soutien « Pour le droit à l'expression de Dieudonné contre les accusations d'être Gidoyen ». Une vingtaine de comptes sont créés par de prétendus « André Gidoyen ». Des photomontages montrent Offenbach déposant une saucisse entre les mains d'un Ostrogoth. Sur une autre photo on voit Offenbach, un Ostrogoth et Dieudonné devant un match de foot, mangeant des Herta Knacki Ball.

17 h 12

On aperçoit sur les chaînes d'informations en continu une voiture au sein de laquelle se trouve l'accentologue Claudine Merrès pénétrer la cour du commissariat.

17 h 48

Selon notre source, la confrontation tourne court. Merrès annonce aux responsables de l'enquête qu'André Gidoyen se présente avec un accent suisse. Une réunion de crise est programmée à 18 h 15.

18 h 15

Une hypothèse aurait la préférence de l'équipe : Gidoyen

aurait un complice s'étant fait incarcérer volontairement dans l'après-midi, pour le prévenir du piège tendu quant à son accent. La piste d'une « taupe » au sein du commissariat n'est pas exclue.

19 h 00

À l'heure où nous bouclons notre article, nous pouvons affirmer au vu des derniers rebondissements que la certitude d'avoir affaire à « quelque chose » a monté d'un niveau chez les enquêteurs. Plus d'informations dans l'édition de demain.

RECTO : ALEXANDRE

Super, une semaine de publication, 436 vues. Ça fait quoi, une vingtaine de plus qu'hier. C'est quand même pas pourri à ce point-là mon truc. L'autre, il est où son article, enfin sa brève hier sur le kilo de cocaïne saisi dans une narine de Beigbeder. C'est pas non plus la vanne du siècle... c'est là. Il y a cinq lignes putain dans son texte... 25000 vues. Je pourrais la pondre en chiant sa brève. Ils me l'ont dit que les trucs longs, les gens lisent pas et partagent pas. Mais on peut avoir un peu d'ambition ou c'est tabou ? Combien ont lu jusqu'au bout ? Je me fatigue pour rien. Ou alors je suis nul, je me prends pour un mec spirituel plein d'humour alors que je suis juste un blaireau de 27 ans dans son appart pour étudiant qui croit qu'il va intéresser le monde à sa vie grâce à un texte euh. C'est rien, pas grave. Ça arrivera peut-être bien un jour. Il y a tellement de trucs à lire partout, je suis un poisson parmi d'autres dans un océan qui ne fait que s'agrandir à chaque seconde. Je parle presque aux gens que par le net, qu'est-ce que je connais du monde... À peine si j'en fais partie, encore. Je suis loin des gens, de leurs vies. Ce que j'en sais du monde, des mots, un écran brillant. Commence bien la journée. Je vais me prendre un bol de Jordans. Lâcher l'ordi. Peut-être que ça marcherait mieux si je mettais en titre « Voilà l'article d'un dépressif qui sort du lit à 12 h 15, qui boit trop et envisage de se tirer une balle ». Enfin une connerie pénible du genre. Ou alors ridiculiser ouvertement un homme politique, le truc zéro risque, les abrutis rient tous à ça. Je me lève et premier truc, j'allume l'ordi pour regarder si je suis pas devenu une star. On dirait ces personnes qui courent les castings de téléréalité, à quémander qu'on les trouve intéressantes. Ou genre dans les séries américains, ils passent leur temps à dire « you're special ». Ils ont peut-être d'autres choses à faire que lire tes conneries. Les réponses sont pas dans cet ordinateur. Dehors non plus, jamais trouvé. Bouffe tes céréales. Pourquoi tout semble toujours ennuyeux ? L'armée des gens respectables, qui font ce qu'il est de bon ton de faire. Ou semblant de faire. Ils veulent juste être aimés et sont prêts à trop accepter pour ça. Ils confondent ne pas être rejeté et être apprécié. Travaille, fais des gamins, marie-toi, va voir tes parents les week-ends, bois un petit café, fais telle tête, paie ton cercueil, rentre-dedans, on te traitera pas de clochard. Là j'ai une grosse impression de raconter n'importe quoi. Comme s'il manquait quelque chose, que l'image n'était pas satisfaisante. Je suis trop dur ? Un jour je comprendrai tellement plus le monde que j'irai faire mes courses, je saurai plus où on va pour faire ça, j'entrerai dans l'appartement d'un voisin et je viderai ses placards, je me retrouverai dans un train pour Bruxelles. J'aurais pu devenir serial killer. Ou alors je dis ça parce que ça me réconforte d'une certaine façon. Ça flatte bêtement le côté Raskolnikov que je crois avoir. Peut-être pour ça que j'ai pris ce pseudo sur le net, complètement puéril. À la place de la vie de

Monsieur Tout Le Monde, j'écris des trucs, j'échafaude des visions du monde à la pertinence variable, je mange des céréales à midi trente, je pourrais tout aussi bien élever une brebis dans mon appart, tout le monde s'en foutrait aussi. Ou alors le problème vient vraiment du fait que je m'attends à avoir le Pulitzer dès que j'écris plus de dix lignes ? C'est vrai, je prends les choses plus à cœur que ce que j'aimerais croire. On pourrait s'imaginer que je fais le con avec Gidoyen, que je suis un pitre, alors que je suis au bord de hurler comme un porc à l'abattoir... L'humour... c'est pas drôle. C'est, c'est la... qu'est-ce que je cherche à dire encore. En train d'exagérer comme un débile. La différence entre une blague et l'humour. Quelque chose là-dessus. La blague on la répète telle quelle, c'est grégaire, mauvaise haleine, quasiment toujours nul. L'humour c'est de la rage présentée de façon civilisée. On veut plaire en faisant rire, on veut plaire en voulant déplaire. Et la volonté de pas ennuyer les autres avec nos difficultés, nos tristesses. On maquille, on fait un tour de magie. Les autres s'amusent plus ou moins sincèrement, et on revient à sa vie où la moitié du temps on essaie de ne pas être trop sinistre avec soi-même. Je reviens à cette question, est-ce que je suis fou ou est-ce que le reste du monde l'est ? On est fous tous les deux, différemment. C'est bien, ça règle rien du tout. Ça fait que des mots ont été posés sur une sensation. Mots mal définis pour une sensation trop floue pour mon intelligence par ailleurs fluctuante. Tout est toujours étrange. Mélange de pénible et d'agréable. À la limite j'ai honte de penser ça. Comme si je saurai jamais dépasser le stade d'adolescent rebelle. Incapable de concession. Pourquoi adolescent ? Et rebelle ? Comme si les vieux étaient incapables de faire chier de manière injustifiée. C'est juste qu'ils ont le totem de la mort, et plus personne qui ose rien leur dire. Et je vois pas le rapport avec mon problème. Je me sens un peu seul au monde, à penser ceci ou cela. Est-ce que, parce qu'ils sont des millions, ils ont raison... En gros, ça revient à « l'union fait la force ». Les gens sortent ça fièrement alors que c'est effrayant. Si encore on disait l'union fait, ah et je m'en fous. C'est quoi mon problème à toujours être en train de vouloir comprendre le monde. Je vais me laver. Sinon ça va faire vraiment con tout doucement, déjà avant quand je me suis levé et que je suis allé voir mes vues. Fous le bol là, je le laverai ce soir, enfin après le repas de midi. L'hyper-rebelle prendra son déjeuner à 15 h 30. Ma vie est avec le temps qui passe de moins en moins commune. Arrogance peut-être. Souvent je crois que je m'arrête à la phrase « je sais que je peux faire ça, que je peux bien le faire ». C'est comme si ça me suffisait. La perspective. Que ça avait pour corollaire qu'il n'était pas besoin d'aller aussi loin que de le faire effectivement. Savoir qu'on peut faire quelque chose bien, c'est rien. Preuve par l'absurde. Preuve de quoi ? Que le pays qu'on appelle Cuba existe quelque part ? C'est passionnant ce que tu dis. C'est vrai que... ça serait bien, il faut l'avouer, de connaître quelqu'un, de rencontrer quelqu'un qui... Mais l'impression d'irréalité au contact de... maintenant tout le monde. Et même seul. Fais ton chemin, prends ton... prends quoi ? Ça veut encore rien dire... pourquoi on commence des phrases sans avoir d'idée précise en tête. L'espoir que ça débouche sur quelque chose de brillant. J'ai tellement perdu l'habitude d'avoir une discussion. Il me faudrait un an pour réapprendre le fonctionnement de tout ça. Je sais ce que je pourrais faire, envoyer un mail à quelques-uns avec le lien vers l'article. Là ça commence à me gaver de... ça sert à rien de réfléchir la moitié de la journée. J'envoie le même à tous ? On s'en fout, quelques lignes. Je changerai peut-être une chose ou deux. Bon je fais ça, je me douche après. Je commence par... Lydia. Ok je dis quoi ? « Salut, tiens je te file un lien vers un article que j'ai publié il y a une semaine, si tu veux le lire... ». Froid. Faire simple. Euh... « Salut »... putain le blanc. Je pourrais faire un truc complètement grotesque. « Yo Lydia, lis ça et apprends-le par cœur ou je te flingue. Puis je te découpe en morceaux que je ferai bouffer à un chien ». Ridicule, en plus de pas être drôle. Pourquoi toujours vouloir faire rire à la moindre occasion. On dirait un TOC. « Salut Lydia, j'espère que tu vas bien. Je te passe le lien d'un article », vas-y colle le lien, « Si jamais t'as une minute un jour, et si tu veux le lire. Et pourquoi pas le transmettre à la terre entière et leur dire à quel point je suis génial ». Ok calme-toi. J'enlève la dernière phrase. Supprimer. Et... « Merci, À plus. Alexandre ». En sujet... rien. Je le copierai tel quel après la douche, ça me laissera le temps de me demander à qui. Ouais c'est ça, pour encore me poser trois cents questions malvenues. Passionnant les relations humaines. Rien de plus compliqué. Sinon l'absence de relations humaines. Tout ce temps perdu à être con. Drôle de façon de se réveiller. Je vais mettre la musique à fond, prendre une douche bien chaude, ça va me mettre un peu en ordre. Il faut que je m'occupe de cette impression oppressante et morbide d'être à côté de la plaque, qu'il ne se passe pas exactement ce qu'on pressent qu'il aurait dû arriver à soi-même, à sa vie. D'où ça sort, ce que ça signifie, ce que ça peut entraîner comme... comme modifications à apporter. On en avait un peu discuté avec *Espèce de Thomasse*. J'ai vingt-sept piges, je parle sur des forums avec des tarés des asociaux des lycéens. Après tout, c'est bien, c'est bien Internet. *Espèce de Thomasse* m'avait dit que Gidoyen, le texte était génial, carrément. Il est jeune. C'est étrange aussi, chaque question qu'on vient de se poser semble primordiale. Comme si toute sa vie on avait attendu de pouvoir la formuler clairement. Et son apparition devient presque, on le croirait, l'apogée de notre vie pensive... vie de la pensée, dans la pensée... pas très juste tout ça. Comme si le cerveau était toujours attrapé par le même piège, un vulgaire insecte. Il faudrait que je change de serviette de bain, il doit en rester une de propre. La grosse verte. Vert pomme comme on dit. Qui est « on » ? Faut que je prenne l'habitude de noter mes pensées, remarques. Parfois je le fais. Puis je perds l'habitude. Ça permet de poser la chose pour un temps. Et de laisser à d'autres pensées l'occasion d'éclore. Sinon ça donne ce qui se passe beaucoup en ce moment, fusillé de pensées. Pas le temps de respirer, de finir une pensée qu'une autre s'invite. Trop bordélique, énergie bêtement gaspillée. Allez, à poil. Je ferai partie de ces gens qui sont des cicatrices ambulantes. Qui usent une grande partie de leur temps à se protéger contre la résurgence de souffrances passées, craintes pour le présent, l'avenir. Frontière réalité / fantasme où es-tu ? On se protège comme c'est possible de se protéger. C'est jamais de gaîté de cœur, par force ou un délire à la Nietzsche qu'on se retire du monde. Il m'arrive de prendre plaisir de longues heures à réfléchir, lire, la musique aussi, être ivre. Mais c'est pas ces plaisirs-là qui guident. Le guide c'est la fragilité. Celle qui dit « assez ». Tout ça est bien triste n'est-ce pas. Et qu'est-ce que je pourrais en tirer ? Ça n'intéresse personne, je le comprends. Ou bien je ne sais pas l'exprimer dans la juste mesure une fois qu'il s'agit... Peut-être qu'avec l'âge... là c'est une quasi-torture. C'est plus agréable de déconner à pleins tubes, de faire dans la démesure, dans l'ingratitude, ambiance plouc. Mais quel monde ça me créerait ? Quand j'aurai fini de prendre ma douche, j'irai noter pendant une heure tout ce qui vient d'intelligent. Rien à foutre de ces mails. Un peu d'air dans ma tête. Clarifier. Mettre en perspective. Est-ce que je suis addict à Internet ? Un peu. Organiser, ou voir comment c'est organisé. Quelles questions sont importantes. Au fond je ne veux qu'améliorer mon sort. Est-ce qu'un nihiliste voudrait ça ? Ferait ça ? Nu sous la douche comme nu dans la vie. Je crois que j'ai pas abandonné... l'idée que ma vie puisse être plaisante. C'est ce que je ne croise pas dans les yeux de la plupart des gens, sauf et c'est possible si je me trompe complètement. Chose qui m'arrive souvent. On croit en voyant le visage de quelqu'un savoir ce qu'il pense, qui il est. Puis, éventuellement, on l'entend parler ou on le voit faire telle chose, et là on ne peut que se rendre compte de l'étendue de son erreur de jugement.

VERSO : LYDIA

Ah tiens un message d'Alexandre. Alex, pas de sujet. Ça va encore être un truc débile du genre il écrit juste « rien » et c'est tout. Non, alors... Salut... j'espère que tu vas bien... je te passe le lien d'un article... si jamais t'as le temps... si tu veux le lire... merci à plus Alexandre. On peut pas dire qu'il est du genre à raconter sa vie. Je vais voir ça, j'espère c'est pas trop relou.

*

C'est hyper long, quand j'avais vu *Le Rapisien*, je m'étais dit que ça allait être rapide. Ouais je lis la suite après, il s'est quand même fait chier à écrire un pavé immense. Là faut que j'aille sur le bureau virtuel, il y a le truc avec Muller et comme d'hab, les news de l'université, de l'UFR, de ci et ça. Quelques étudiants. Faut que je pense à répondre à Alexandre quand même. Je sais pas comment il fait à supporter de... toujours seul. Élections syndicales, pourquoi je reçois ça ? Représentants pour le comité. Supprime. Encore la BU, je dois rendre Morrison et le bouquin de civilisation. Je vais mettre les deux dans le sac pour demain. Ça évitera d'y repenser. Mais j'avais pas fini de prendre des notes sur la partie Abolition, le TD commence dans trois semaines. Faudra demander si je peux exceptionnellement le prolonger. En étant gentille ça ira. Oublie pas de lire l'article. Si j'avais la vie d'Alexandre, je sais pas, papa maman me mettraient la pression à longueur de temps. Heureusement j'ai mis un peu de distance. Genre pour Émeline c'est pire, ils ont rien pigé à son choix de bac L. Avec son caractère, ça va, elle se défend. C'est vrai que ça mène à rien mais c'est une bohème la meuf depuis le premier jour qu'elle est apparue sur Terre. Je devrais mentir pour le livre, je sais pas si je pourrais. Les profs font un peu comme ils veulent dans les BU, j'aurai qu'à dire que je suis chargée de TD, ça les impressionnera un peu. Et à moi la seconde moitié du dix-neuvième siècle aux États-Unis, youpi. Bon les mails les mails les mails. Si je finis pas trop tard ce soir je pourrais peut-être me faire deux ou trois épisodes de Nurse Jackie. J'ai pas envie de répondre aux gens. Arrête de rêvasser, débarrasse-toi de ces mails, ça fait partie du boulot, t'es payée en plus. Ok alors Madame Brunel qui veut savoir... si les chargés font bien l'appel lors des cours. En effet des étudiants répondent présents plusieurs fois lors du même appel et... bla bla bla... pas toléré... présence obligatoire à rappeler à tous. Est-ce que je regarde à chaque fois qui répond quand je fais l'appel ? J'en sais rien, techniquement non, je suis pas gardienne de prison, ils ont qu'à pas venir et louper leur année. Bon je réponds... Madame Brunel. Oui je vérifie toujours consciencieusement lors des appels. Je vous remercie pour votre mail et n'hésiterai pas à être aussi vigilante que possible dans les prochains temps. Cordialement, Lydia

Bennas. Envoyer. Supprimer. Ensuite pot pour la naissance de... supprimer. Euh... nouvelle revue sur le portail en ligne educorail... Great Britain Colonies In The Eigtheenth Century Studies... supprimer. Mathias Sampadopoulos, étudiant qui demande, putain il a pondu quarante lignes. J'ai pas que ça à faire mec. Plus tard. Ensuite secrétariat, Dominique. Elle veut quoi, la date limite pour l'envoi des disponibilités pour la surveillance des partiels de mai est portée au 20 avril. Obligation au moins deux surveillances. Bon je garde ça. Merde je dois appeler Manon pour lui dire que Simon et moi on est végétariens, pour sa soirée la semaine prochaine. Vaut mieux que je le fasse tout de suite. Je lui dis le truc habituel... répertoire... M... Manon... dire que faut pas s'embêter, on a l'habitude. Mais que si vraiment elle veut... elle est peut-être en train... ah ça décroche.

BREAKING NEWS II

C La Santé sur France 5, la chercheuse Aline Di Natale présente sa dernière invention, commercialisée par HippocraTech, le nervosimètre. « Votre médecin est alerté dès que vous dépassez le seuil de stress autorisé. Un capteur sous-cutané traduit les signaux de votre cerveau en un score. Il est relié à votre téléphone, les données envoyées au médecin. En cas de dépassement de seuil, des seringues implantées dans les murs des maisons, des rues, des entreprises ou des écoles peuvent être expédiées par un simple clic du médecin dans les cuisses des nerveux. »

«MiniPingu» publie sur Doctissimo, au sujet du nervosimètre :

« Qui sera là pour en témoigner à mon décès ? C'est bien de faire le médecin légiste dans les séries mais qui viendra me sniffer pour dire morte pour cause de ceci et puis sentant cela ? C'est hallucinant ça. J'ai un bourrelet de rien du tout qui schlingue à peine et qui apparaît sur ma cuisse, je fais quoi ? Je sors plus de chez moi ? Je me maquille les cuisses ? Je m'auto-supprime de l'espèce humaine ? Je m'ampute la jambe au cutter, je m'achète un fauteuil roulant ou une poussette et je touche les allocations pour handicapés ? »

Dans l'émission de télé-réalité *Le cœur de nos vies* sur NT1, Laurent va chez son médecin traitant à Angers.

LAURENT

Mon temps libre, je le passe beaucoup à lire, regarder des films et ainsi de suite. J'aime bien en parler avec mes amis, au travail, sur internet. J'ai une trentaine de carnets où je note des citations qui m'ont plu. J'en connais beaucoup par cœur.

DR HADDAD

Vous vous forcez à les connaître ?

LAURENT

Non, là où ça pose problème c'est que comme ça plaisait, ça m'a encouragé. C'est devenu un peu bizarre. Pier Paolo, non rien. Disons que j'ai un peu commencé à mentir. Dès que je me sens mal à l'aise, à peine mal à l'aise, j'en place une. Depuis quelques mois j'invente des citations que j'impute frauduleusement à n'importe qui. C'est ridicule, ça me bouffe la vie.

DR HADDAD

Bon, vous avez l'air d'avoir les symptômes d'une petite sollersite. Vous avez déjà été sous anxiolytiques ? Anti-dépresseurs ?

Commentaires live sur Twitter pendant l'émission :

@Albert Camus /

Les effets délétères sur la mémoire des anti-dépresseurs sont pourtant connus. Que cherche-t-on ici ?

@Louis-Ferdinand Céline /

Voilà les Chinois qui vous foutent dedans jusqu'au cou à vous sucer votre fric avec leurs comprimés. J'avais prévenu mais vu que je suis le con de l'Histoire n'est-ce-pas, j'ai tort, c'est entériné.

@Hannah Arendt /

Le problème serait plutôt l'encadrement de la cupidité dans le monde. En sommes-nous capables ?

@Monsanto /

Notre entreprise met en œuvre tous ses efforts pour offrir à l'humanité ce à quoi elle a le droit de rêver. Monsanto, pour un monde de progrès.

@Hannah Arendt /

Pourriez-vous nous en dire plus sur ces progrès et l'origine de votre investiture comme gouverneur du monde ?

@Monsanto /

Monsieur Arent, la compagnie a pris en compte votre requête. Notre équipe s'efforce d'y répondre efficacement dans les délais les plus brefs.

@Charles Bukowski /

On est dans la merde.

@Léo le Las /

Ouais super mon cousin de 6 ans il peut faire ce genre de réflexion.

@Fierté du Bon Boulot /

Étudie au lieu de traîner sur Twitter.

@Léo le Las /

T ki toi ? Mon père ?

@Nico Têtedechat /

Et ta grand-mère elle fait koi com réflexion ?

@Léo le Las /

Koi ma grand-mère ???

@Nico Têtedebouse /

Mdr, fait pas ton rageux jdéliré

@Léo le Las /

Ta pa 1 foto de ta grand-mère à poil connard ?? Humour...

@Philippe Muray /

Le monde est détruit.

@Albert Camus /

Votre vision du monde est détruite. Le monde vit et

évolue, entre destructions et constructions concomitantes.

@Philippe Muray /

Le nouveau monde est un affaissement, sans contre-mouvement évident.

@Nico Têtedebois /

Albeeert ! Albeeeeert ! Albeeert le 5ème mousketair

@Jonathan Deboul /

Ptdr genre albert de monaco. Ki sapel encor com sa ?

@Léo le Las /

Sale bouffon ta pas de respect ? Genre t tro con de la teub tu c pa c ki Albert Camsu ??

@Jonathan Deboul /

ton rèp sapel albert c pour sa ke t vénèr

@Nico Têtedeloupieau /

Dsl Monsieur Camus, jvoulai pas toffensé ni rien. On sfé 1 partie de fifa en ligne avec Yann et Jona, si t cho ???

@La dégénérescence maculaire liée à l'âge /

Cinq à six heures d'écran par jour, je vous passe le bonjour.

@Le diabète /

Excès de sucres, de gras saturés, sédentarisme, ohoho je

vais avoir du boulot un moment.

@La maladie d'Alzheimer /

Passivité intellectuelle, surexcitation nerveuse, métaux lourds et polluants en pagaille, je vais en faire chavirer des têtes.

@Jonathan Deboul /

Ptdr les casseur dambiance, on é pas sérieux kan on a 17 an

@Le produit intérieur brut /

Eh ouais, c'est aussi ça le PIB.

@Fierté du Bon Boulot /

Voilà qui est parler.

@Tiphaine Morange /

Je suis au RSA et j'en m'en fous.

@Fierté du Bon Boulot /

Si t'es contente de faire la mendiante, t'as le droit.

@Tiphaine Morange /

Pas d'ulcère à 32 ans, pas de mininazis à me taper toute ma vie.

@Fierté du Bon Boulot /

Vis ta vie de miséreuse, au pire tu pourras toujours faire

les trottoirs.

@Frédéric Siamouski /

La misère intellectuelle, affective et sans doute sexuelle ne souffre pas de problèmes de croissance.

@Aurore Delhommeau /

On a d'incroyables gains de productivité de plus d'un siècle. Le revenu universel garanti, ce serait les faire entrer dans le domaine public.

@Zied Kantari /

Faut sortir des dessins animés les gens. Il y a pas de fée dans le vrai monde.

@Tiphaine Morange /

Mais des gens qui prennent mille fois plus de fric que ce qui devrait leur revenir, il y en a.

@Zied Kantari /

Et la marmotte elle met le chocolat dans son papier.

@Mehdi Basat /

Y a plein de façons de rendre la vie intéressante et créative autrement que par un travail aliénant.

@Patrick Félicien /

D'où va venir le fric ? Ça m'intéresserait bien svp...

@Mehdi Basat /

On veut la dignité ou un acharnement à l'infini au labeur ?

@Patrick Félicien /

Dites-moi où l'argent tombe du ciel, je vais m'y installer avec ma famille.

@Tiphaine Morange /

De ton cul, il tombe. Tu devrais y rester et nous foutre la paix le troll.

@Patrick Félicien /

C'est grâce au "troll" qui va bosser que tu reçois ton "dû". Pourquoi je me fais chier à causer avec des clochards ???

@Mehdi Basat /

Si ça tenait qu'à vous, ceux dans le besoin crèveraient de faim sans que ça vous perturbe.

@Zied Kantari /

Vous êtes libres de travailler moins si ça vous suffit. De là à voir un "dû " à rien foutre...

@Tiphaine Morange /

Toujours plus de concurrence et de performance et d'efficacité. Qu'est-ce qu'on se marre, bonjour la vie. Derrière la pub, il y a la terreur.

@Jérôme Alvez /

Le rapport avec un revenu pour tous ? C'est la suite après le mariage pour tous ? Un bébé pour tous ? Et bientôt une résidence secondaire pour tous ? Des gros seins pour tous ?

@Tiphaine Morange /

Y a du syndrome de Stockholm ici. « Tout le monde s'est toujours bien asservi et tué à la tâche, moi aussi, alors continuons et continuons »

@Jonas Michenot /
PROUT

@Gigi Lechat /

Revenu garanti ptdr vous avé pa limpression de déliré légérment les gauchiste ?

@Liliane Cacérès /

Vous ne trouverez pas de travail si vous écrivez aussi mal.

@Gigi Lechat /

Merci mamie. Y on ka slanssé dan le rap mdrrr.

@Super Marco /

Ptdr Gigi le son "trop fucked up mon conseillé pole emploi"

@Gigi Lechat /

à la limite jpeu leur payé un tiket de loto

ptdrrrrrrrrrrrrrrrrrrrrrr

@Fierté du Bon Boulot /
Vous avez pas école demain ? Il est 2 h 38. Au lit

@Les hormones de croissance /
Nous sommes là, en nombre, pour quelques années encore. Ensuite, advienne que pourra.

FEMME SUR UN BANC

Mais al... hmm...

Et là tu lui as dit... ouais...

À ta place moi j'aurais fait attends mais c'est lui qui m'a dit tu fermes la caisse 3 puis viens aider Seb et les autres. Tu vois ce que je veux di

Le truc c'est voilà... hmm...

Ben non toi t'as rien fait. Ton supérieur à ce moment te dit fais ci, tu vas pas faire ça ou chier des bulles

Ouais

Attends sinon il sert à quoi ? Je veux... ouais... Je comprends pas Sarah carrément pas.

Lui il ouvre sa gueule mais, déjà trop, puis il l'ouvre juste quand il est planqué pépère. Il joue les hommes mais attends. Hein ? Ouais... on le connaît Pat. Qu'il reste à r

Ouais

Hmm

Qui ? Jocelyn ?!

Tu parles...

Allez va pas me faire un AVC, t'auras la même paie à la fin du mois de toute façon

Il y en a qui volent, qui se mettent en congé et en arrêt pour rien et ci et ça. Et toi on vient te chercher sur pourquoi t'as fermé ta caisse dix minutes avant

Ouais trois minutes excuse

Je sais, je suis d'accord tu sais

De toute façon s'ils continuent, euh moi je reste pas là à me faire des cheveux gris ou etcétéra. On est jeune, le monde il est grand, il y a pas que le Auchan dans la vie. J'ai pas demandé à travailler dans un asile de cinglés puis toi non plus je crois

Ben tu vois

Laisse tomber tu vas la voir Marylise elle cafte, elle déforme tout... et t'as trois fois plus d'emmerdes

Ouais ouais

Ben écoute ouais là je suis bien au parc, il y a mon petit qui joue au ballon. Je lui ai pris sa glace avant il était content

Ta sœur elle a quel âge maintenant ?

Hmm hmm

Moi aussi la semaine dernière j'y suis allée

Non Cédric je sais pas, avec ses soirées au rugby là, le boulot, la télé, PlayStation. Lui son devoir de père de mari euh voilà quoi

En plus la semaine dernière. Non attends. Enfin c'était le mercredi avant la finale du *Meilleur Boulanger de France* sur M6, tu regardes non ?

Ouais

Maxime il m'a fait une grosse rhino-pharyngite, la totale quoi. Et là j'avais personne pour me le garder quand je finissais à 19 h 30. Tu crois qu'il aurait décommandé son rugby ?

Mais que dalle

En fait je t'explique, j'ai dû le mettre chez ma belle-mère

et voilà, je t'en parle pas de celle-là

Il m'a fait ouais écoute Vaness et ci et ça, moi j'ai même pas cherché tu vois

Non non pas le samedi

Sans

Tu

Ah l'autre là sur Facebook qui mange pas de pain et

Pas de coca pas de, enfin je sais pas ce qu'elle mange à part de la salade, on dirait trop une anorexique

Hmm

OooaaaaAh (*bâillement*)

Ouais je voudrais pas que tu te fasses encore gueuler dessus parce que t'es arrivée trente secondes trop tard

Eux ils sont là dans leurs bureaux à se la couler douce comme d'hab, nous on fait face aux clients, à la fin zéro merci quand même

Écoute... je me dis... fais ton job tranquille, tu le connais maintenant t'as pas de leçon à recevoir comme ça sans broncher

Mais ouais

Hmm hmm, on se voit lundi ouais, je suis d'aprèm

Tu m'appelles ou tu me fais un texto si ça va pas ou si on te fait chier

Allez bisous bisous

Salut

Et bon courage hein

Ouais

Salusalusalu
À plus bisous

RECTO : VANESSA

Pouh toujours de ces histoires pour rien celle-là. Je suis pas un peu trop gentille avec elle. Hein. Ça va pas l'aider à. Bon écoute aussi, peu importe, que ça me retombe pas dessus. Je me mêle pas, on sait jamais après. J'espère qu'elle va plus m'appeler sur ça parce que bon. Autre chose à faire hein. J'ai mes problèmes aussi et je me débrouille comme une grande. Franchement toute une histoire parce qu'on lui dit ci ou ça. Les gens ça parle. Si Seb me demande la prochaine fois, moi l'heure c'est l'heure. Moi aussi la dernière fois on m'a dit tu restes jusqu'à 19 h 30 pour aider l'inventaire à la boisson, j'ai pas chialé comme une gamine, j'ai pas appelé un Ministre. Tu fais ton taf. Je veux zéro embrouille, après le mec là l'année dernière, Duthoy... le vieux à l'Abrapa qui croyait que je lui volais des trucs. Jamais vu un con pareil. C'est lui qui les perdais ses affaires, il y avait tout un drame. Pire truc de ma vie. Tous les autres disaient que j'avais rien volé, et je vole pas moi. C'était horrible, d'être accusée. Caissière c'est bien d'avoir trouvé avant que ça recommence, qu'on me vire ou je sais pas, c'est mieux qu'aide à domicile. Je vois des gens. Pas que des vieux. Enfin ceux qui viennent ils savent marcher. Bon ok qu'est-ce que je fais ? Je prends Maxime et on rentre ou... Il est... 16 h 03. À 45 il y a le *Bienvenue chez nous* à TF1. Pour ce soir je sors un truc du congélo puis voilà. Le truc au poulet, riz. Bon je vais appeler Marie-Anne, elle est en train de garder ses gamins et mater la télé, ça va cool la vie, le métier garde d'enfants. Personne lui dira eh vous avez volé la peluche du mioche. Si elle est pas là, j'app, ah c'est bon

VERSO : MAXIME

Elle appelle encore. Je connais même personne. Je peux peut-être aller m'asseoir sur le banc avec maman et puis je dis rien et puis elle comprendra que je m'ennuie et qu'on pourrait rentrer. Parce qu'en fait déjà je dois finir mes devoirs, il y a encore deux exos de géométrie. Faut prendre le compas et tout. Si jamais j'ai pas fini avant le manger ça va être chiant. Ouais mais après si je m'assois sur le banc avec maman, elle va s'énerver parce que je l'empêche de profiter de son après-midi et de parler avec ses copines. Elle va dire je dois apprendre à m'amuser un peu tout seul. Je préfère pas qu'elle s'énerve à cause de moi. En plus je peux pas jouer avec mon vélo parce qu'elle veut pas le descendre dans l'escalier, qu'il faut qu'elle me surveille et qu'elle a pas la force aujourd'hui de courir dans tout le parc. Il y a d'autres enfants qui en font. Peut-être parce qu'elle m'en veut depuis la fois je suis tombé et j'ai saigné au genou. Mais Hicham une fois il s'est pété la gueule tellement, il a eu un plâtre. Il a une drôle de tête le monsieur sur la statue. Il s'appelle Paul-Jean. Si quelqu'un s'appellerait Paul-Jean dans la classe il se prendrait des vannes. Paul-Jean Toulet. Poète né à Pau. Juin 1867. Septembre 1920. Comment ils gagnent de l'argent les poètes ? D'abord ils font des vers qui font des rimes. Et les gens ils lisent ça. C'est bizarre. Obligé, ils ont d'autres métiers. Par exemple il pourrait faire comme papa, de la maintenance et le soir il rentre, il écrit des poèmes. C'est possible que le soir papa il écrit des poèmes. Attends là-bas il y a trois mecs dangereux qui viennent, Maman et Marie-Anne la dernière fois elles ont dit que. Non ils vont dans l'autre sens, ils avaient l'air drogués. Une fois j'ai failli me faire voler ma balle quand on jouait avec Adrien et Alexis l'année dernière... j'ai presque pleuré. Mais j'avais réussi à pas. Heureusement. Ç'aurait été vachement la honte. Adrien il sait pas s'il passe en sixième. Moi c'est archi-sûr, je suis le meilleur je dirais de la classe. Sauf en sport... en rédaction... mais c'est parce que sa sœur elle l'aide que Louise elle fait toujours des super rédacs. C'est de la triche. C'est comme si moi je connaissais un monsieur comme Paul-Jean Toulet et je lui demande de l'aide pour faire mes rédactions. Je m'ennuie je m'ennuie. En décembre... il pleuvait beaucoup, il y avait des petits ronds de grosse pluie sur les fenêtres de l'école... et le maître il avait dit que ça soit moi qui récite le poème de Victor Hugo qu'il fallait apprendre. J'avais commencé à rigoler et puis encore plus, je voulais réciter et je le savais quasi par cœur, mais je faisais que rigoler. J'en pouvais plus, j'étais tout rouge et les yeux aussi. Je comprends pas pourquoi quand on rit à fond, on pleure. C'est pas triste alors pourquoi l'eau des larmes vient ? Il y avait plusieurs autres que ça faisait rire, Maeva, Amara, euh, Adrien forcément. Comme j'avais peur de me faire engueuler et que j'aie un mot à faire signer. Mais Monsieur Lévêque a rien dit, il a dit Sophie c'est toi qui va faire la récitation comme Maxime a l'esprit euh je sais plus. En plus il y a rien comme raison qui me faisait rire. À la récré Amara il me trouvait trop marrant et il me demandait c'est quoi qui t'a fait rigoler et il me croyait pas quand je disais que je savais pas. La semaine dernière il y avait un épisode de Rekkit, c'était comme ça aussi. Jay et Rekkit qui se retenaient, puis après ils ont plus réussi et après même la maman de Jay elle a fait pareil, elle rigolait à fond. Ça fait peur quand même le collège, les grands parfois ils tapent les petits s'ils donnent pas leurs desserts à la cantine. J'espère pas ça sera moi qu'ils demanderont. Je sais pas comment faire. J'espère que je rigolerai plus pour rien au collège, on peut avoir des heures de colle pour ça. Ils seraient énervés maman et papa. Je sais pas quoi faire, c'est trop chiant d'être ici. En plus s'il y a quelqu'un de la classe ou plusieurs qui se la ramènent ils vont me voir tout seul et je saurais pas quoi dire. Ça me fait mal au ventre la glace maintenant, ça brûle. Le dentiste avait dit d'y aller doucement sur les sucreries parce que j'avais déjà fait deux caries depuis l'année dernière. J'avais chialé tellement j'avais mal et maman elle avait téléphoné trois fois pour voir, pour que je puisse avoir la dent réparée. Il était méchant, ou il était pas content. Là-bas y a une bande de trois garçons et deux autres petits mais ils vont se marrer ou dire « tu veux quoi toi, t'es con ». Je fais semblant de lancer la balle sur l'arbre et je regarde s'ils regardent et s'ils diront quelque chose. Comme « eh tu fais quoi ? », ou « tu veux pas jouer avec nous ? ». Non j'ai pas envie. On va bientôt rentrer je pense. Elle va regarder TF1.

Est-ce que si on mange l'herbe... mais non les vaches sont pas vertes. Parce que même si un homme mange de l'herbe, il deviendra pas vert à cause de l'herbe qui est verte à cause de la chlorophylle. Faudra que je demande Monsieur Lévêque pourquoi quand les animaux mangent de l'herbe et des trucs comme ça, ils deviennent pas un peu verts. À la télé les flamants roses ils devenaient roses à cause de quelque chose qu'ils mangeaient beaucoup. Dans *C'est pas sorcier* c'était. En même temps on dit mouches à merde, parce qu'elles mangent de la merde, mais elles sont encore plus noires que du caca, ça doit dépendre des ADN. Sauf si le caca sèche en elles. Alors ça noircit la peau des mouches. Je préférerais mater la télé que d'être là. Faut que je pense à noter dans le cahier de textes que je dois faire les devoirs samedi, ceux pour lundi. Comme dimanche on va voir tonton Jérôme et Aline, mamie et papi, il y aura Thierry merde, Perrine, Dani... Thierry il va encore me demander si je me suis inscrit au rugby. Que je dois me faire des muscles, manger parce que je... À chaque fois il veut me faire un bras de fer et moi je perds et il est content et moi ça m'énerve putain, c'est comme si je faisais un bras de fer avec le bébé à Aline. Il sert juste à m'emmerder comme parrain. Je préfère Jéjé. Pourquoi il me laisse pas tranquille Thierry ? Tout le temps il est jamais content de rien sur moi. Il va demander « alors Maxime elle est où ta copine ? tu l'as pas ramenée ? ». Et je dis que j'en ai pas et il va rigoler et il va raconter une blague aux autres. J'ai pas envie d'aller les voir dimanche. En plus chez Thierry ça pue toujours les animaux, dégueu. Arthur aussi qui parfois est méchant avec moi quand les grands entendent pas. Jérôme au moins ça pue pas chez lui, comme dans la chambre de l'autre connard qui m'avait cassé ma voiture téléguidée. Il avait dit « mais j'ai rien fait c'est Maxime qui l'a fait foncer dans le mur de la terrasse ». Et je savais plus quoi dire, j'avais peur de me faire engueuler, ou de me faire traiter de cafteur après, tout le monde qui regardait. Je m'en fous il est tellement débile et nul à l'école, son métier ça sera de ramasser la merde des chiens sur les trottoirs. C'est pour ça ils s'entraînent à ce que ça pue dans leur baraque. C'est dommage qu'on puisse pas choisir de divorcer d'un parrain. Je garderais que Jérôme et ça serait mieux. Trop bien l'été dernier on était allés à vélo toute l'après-midi. J'ai des devoirs à faire... pourquoi elle peut pas téléphoner à la maison maman ? Peut-être qu'elle va se lever et partir et m'oublier comme je suis caché là-derrière. Je vais voir si elle est encore là. Ouais c'est bon. Qu'est-ce que je ferais si elle était partie et que j'étais tout seul ici ? Je pourrais demander de l'aide mais je sais pas à qui. Il y a des gens dangereux sauf qu'on peut pas savoir qui. Il y en a qui enlèvent des enfants, imagine par hasard je tombe sur un de ceux-là. Je saurai pas me battre contre eux, ils vont me casser tout. Oh il a fait un de ces dérapages lui avec son vélo. Il aurait pu se latter. Si j'avais su j'aurais emmené mon tome 5 de Big Nate. Ç'aurait été trop bien d'être pote avec Nate et ses potes. Pfff j'en peux plus, moi j'y vais, je demande les clés à maman. Arrête elle va dire que je l'embête, elle va le dire à tout le monde dimanche, ça va les faire marrer et j'aurai l'air d'un bébé qui fait chier. C'est nul c'est nul c'est nul c'est carrément nul. J'ai qu'à emmener Big Nate dimanche. Ouais mais si quelqu'un me le prend et le fout en l'air ou le salit comme ils sont toujours bourrés plusieurs et qu'ils font n'importe quoi parfois. Peut-être ils voudront voir et puis rigoler. Ou si Arthur le vole, qu'il me laisse pas tranquille. Je vais le laisser à la maison, c'est mieux. Peut-être samedi aprèm après les devoirs. Ou alors... ça serait génial que je ferais semblant d'être malade samedi et dimanche encore plus. Alors je pourrais rester seul à la maison. Mais s'ils appellent le docteur et qu'il voit que je triche ? En plus je pourrais risquer de rater l'école, il y aurait des leçons à rattraper. Ça va être un week-end chiant et j'ai carrément aucun autre choix. Et je saurai pas quoi faire, ah il y a maman qui me cherche, vite. Elle est énervée, elle sait pas où je suis, faut que j'aille vers les bancs du milieu où elle est. Aïe je me suis pris la branche dans le bras, c'est bon elle m'a vu. Voilà on rentre. J'ai une égratignure là. Elle a pas fini d'appeler encore une copine.

INTERMÈDE

LES CLÉS DU MONDE II

Une chaussette sur trois, portée dans le monde, est fabriquée à Datang, en Chine. Une étude conclut qu'il y a une probabilité de 20% que la Chine revendique la Lune d'ici à 2025.

De 1961 à 1971, 77 millions de litres de l'agent orange ont été saupoudrés par les États-Unis et leurs alliés au Vietnam, au Laos et Cambodge, détruisant 3 millions d'hectares de couverture végétale et de récoltes. On estime de 2 à 5 millions de victimes de cancers, malformations, maladies de peau graves, etc.

Dans les campagnes asiatiques, 300 000 personnes se suicident à l'aide de pesticides chaque année. 2% des enfants hollandais reçoivent, par la consommation de fruits et légumes, une dose de pesticides suffisante pour déclencher des symptômes d'empoisonnement.

72 millions d'oiseaux américains meurent chaque année après ingestion de pesticides épandus.

0,3% des pesticides pulvérisés atteignent leur cible, les 99,7% restants échouent sur d'autres espèces végétales ou animales.

En 1984, une cuve de 40 tonnes d'isocyanate de méthyle a explosé à Bhopal en Inde, dans l'usine américaine Carbide. Un nuage toxique a provoqué 30 000 morts, 250 000 à 500 000 blessés (convulsions mortelles, poumons brûlés, cécités définitives, etc). 5000 familles continuent de puiser une eau souillée.

60 000 enfants disparaissent chaque année en Inde, la majorité est kidnappée par des groupes mafieux qui les forcent à la mendicité après les avoir soumis à des énucléations, défigurations à l'acide, sous-nutrition, amputations de membres, pour que ces futurs mendiants soient pitoyables aux yeux des touristes. Des médecins indiens, moyennant 200 euros, amputent un membre au choix.

250 millions d'enfants de 5 à 14 ans travaillent à travers le monde. On compte 40 millions de prostitués, 80% sont des femmes ou filles, 75% ont entre 13 et 25 ans.

130 000 personnes dont 30 000 enfants sont sans domicile en France en 2011. Leur espérance de vie est de 50 ans. Un tiers d'entre eux ont un emploi. En 2007, le futur président promettait s'il était élu « zéro SDF dans deux ans ».

Les fraudes aux prestations sociales versées aux français sont de 101,5 millions d'euros.
En 2012, 4,6 milliards d'euros (46 fois plus) de fraudes

fiscales ont été détectées par l'administration.

Le total des fraudes fiscales françaises serait de 60 à 80 milliards par an. À travers le monde ce sont 18 500 milliards de dollars cachés en leurs paradis. Le PIB mondial est de 60 000 milliards de dollars. Un dollar sur trois est un fugitif.

Il faudrait 30 milliards de dollars pour en finir avec la faim dans le monde. Il se vend pour 410 milliards de dollars d'armes par an sur Terre.

En 2011, 53% des figues sèches de Bordeaux se déplaçaient le plus souvent en transports en commun, 15% à vélo, 8% se laissaient rouler. Le prix moyen d'une figue sèche est de 30 centimes d'euros, celui de la PlayStation 4 est de 400 euros.

L'Acteur Économique Rationnel pourra acheter soit 1333,3 figues, soit une console neuve garantie un an. Il peut aussi économiser ces 400 euros sur un livret A (on fait l'hypothèse d'aversion au risque) au taux de 1,25% et se retrouver en 2024 à la tête d'un capital de 447,32 €. Si l'inflation est de 1% par an alors une figue sèche coûtera en 2024 33 centimes d'euros. L'Acteur Économique Rationnel pourra alors s'offrir en 2024 1355,52 figues (soit 22,19 figues de plus qu'en 2014).

La valeur d'une PlayStation 4 ne devrait pas dépasser 150€ en 2024. Il pourrait alors choisir d'acheter la console à ce prix et utiliser le reliquat pour acquérir 900,97 figues.

Soit x le nombre de figues achetées par l'Acteur Économique Rationnel, soit y le nombre de consoles achetées, soit n le nombre d'années écoulées à partir de 2014.

Nous ferons les hypothèses suivantes :

- on n'achète qu'une PlayStation ou aucune ;

- on ne peut acheter un nombre négatif de figues ;

- la valeur de la PlayStation décroit chaque année de 9% ;

- l'Acteur Économique Rationnel constitue une épargne durant n années ;

- les prix sont fixés par un marché général non négociable par l'Acteur Économique Rationnel, qui conserve liberté de choix sur l'objet et la date et la quantité.

Si et seulement si ces hypothèses sont vérifiées, l'Acteur Économique Rationnel fera son choix en fonction du modèle suivant :

$$400 * 1,0125^n = (0,30*1,01^n)\, x + (400*0,91^n)\, y$$

$$x \geq 0 \ ; y \in [0;1]\ n \geq 0\ ; x, y, n \in R$$

SO FOOT

Article paru dans le numéro de mai 2015

The Great Escape

C'était il y a y deux ans déjà. Un journaliste anglais de *Sky Sports* demandait à Thibault Sarantini si la fin de saison devenait difficile. Avec son air dilettante, le mancunien avait balancé « *Comme je prendrai ma retraite après les trois matchs qui restent, ça va* ». Blague à deux balles, s'était-on dit.

Sauf que le 13 juillet, le site officiel de Manchester City publie un communiqué : « *Le club et Thibault Sarantini mettent fin à l'amiable à leur aventure commune* ». C'est le hit de l'été. Le principal intéressé est introuvable, son agent répond « *qu'il n'a rien à dire concernant ce joueur* ». Des rumeurs enflent, entre problèmes psychologiques ou homosexualité repoussée par l'équipe. Le monde retourne à l'époque du collège où l'on se passait une info pourrie en chuchotant.

Le 27 juillet, vingt titres de la presse écrite française et anglaise reçoivent une lettre signée Sarantini. Elle annonce laconiquement « *Je ne veux plus être footballeur. C'est moi qui vous envoie cette lettre, mon agent vous répondra pour vous le confirmer, puis laissez-le tranquille. Si vous cherchez à me*

*contacter, je ne promets pas de ne pas vous pourrir aussi la vie,
si un jour j'en ai le temps ».*

Interrogé, Platini, président à l'UEFA pour quelques mois
encore, n'en croit pas un mot... « *Thibault est un peu
extravagant mais vous verrez il sera là à la première minute du
premier match de Manchester City. C'est une petite blague, vous
le connaissez* ». N'est pas Madame Irma qui veut, Sarantini
disparaît.

La terre entière ayant donné son avis, l'affaire se tassa et
le spectacle reprit. Sarantini fut un peu oublié, lui et son
chef-d'œuvre qui consiste à avoir fait l'un des événements
footballistiques de la décennie en déposant à 26 ans, une
lettre d'adieu, à la poste.

Aviez-vous conscience du choc quasi civilisationnel qu'allait déclencher votre annonce ?

C'est exagéré. J'ai pas eu d'impact civilisationnel. Si le
président des USA meurt dans cinq minutes, l'Occident
continuera sa vie normalement deux jours après.

Vous avez suivi le ballet médiatique ?

Non, non. Des centaines de milliers de mecs qui parlent
de toi, ou de ce qu'ils se représentent que tu es. Les gens
parlent, délirent un peu en se servant du foot comme
prétexte. C'est l'épouillage des singes des temps modernes.
Je pensais qu'on allait parler de moi, puis qu'on me laisserait

tranquille. C'est ce qui s'est passé, à peu près.

Comment vous avez fait ? Vous êtes parti en Alaska ?

J'étais chez moi à Nice. Par hasard, tu peux voir un article, une émission, avec ton nom. On se débrouille. Je vivais rien de grave.

Vous avez fait quoi pour zapper tout ça ?

Je ne ressens aucune envie à l'idée d'évoquer ce que je fais quotidiennement. Pas parce que j'ai quelque chose à cacher, mais que je tiens au concept de vie privée.

Qu'est-ce qui a motivé cette décision finalement ?

C'était fini. J'ai jamais rien eu de plus à dire, c'était fini.

C'est unique, à vingt-six ans quand même. En général les jeunes rêvent de ce métier, ne serait-ce que financièrement. On a beaucoup entendu parler de dépression...

Si je l'étais, je dirais que c'est faux parce que ça ne regarde que moi. Et si je l'étais pas, je m'amuserais pas à dire que je le suis.

C'est juste que tout le monde a donné son avis à part vous...

Mais je l'ai dit. Je m'ennuyais depuis deux ans au moins. Le foot, j'avais que ça, enfant. J'étais amoureux, à y penser tout le temps. Je rêvais de devenir pro. Les joueurs que je voyais à la télé, c'étaient des dieux. Tant mieux pour ceux qui gardent cette espèce de folie. Je n'avais pas envie de faire semblant.

C'est une critique fréquente, les joueurs professionnels ne prendraient aucun plaisir à jouer au football, ne seraient que des mercenaires.

On peut pas généraliser. Il y a de l'amour pour ce jeu, ça existe même si ce qui attire en partie, c'est le fric et l'hypothèse d'être adoré par le public. C'est humain. Les joueurs de foot ne sont pas plus cons que les autres. Un mec qui joue au foot, il appartient à la même société que les autres. Il est visible. L'individualisme et l'avidité c'est pas le foot qui les a inventés. D'autres vont dire que c'est un terreau de violence ou je sais pas quoi, c'est faux.

Les footballeurs se recrutent surtout dans les classes les plus pauvres. Ils ne sont pas forcément représentatifs de toute la société exactement.

Le football est clairement un élément représentatif de la société dans son ensemble. Il met en lumière ce qui dans ce monde ne ressemble à rien.

Votre espèce de fuite, c'est un geste politique ?

Oui sans doute, mais comme tout alors.

Revenons à cette lettre, vous demandez aux journalistes de ne pas vous contacter au risque que vous leur pourrissiez la vie. Pourquoi cette provocation ?

C'était pour essayer de faire entendre mon envie qu'on me laisse respirer. Ça n'en a pas empêché certains de me harceler un peu.

On vous a souvent reproché d'être arrogant.
Ouais.

C'est une carapace que vous arborez pour vous protéger ou vous êtes comme ça tout le temps ?
J'en parlerai quand je serai vieux et invité à *Vivement Dimanche* par le petit-fils de Drucker. Pourquoi je devrais tout dévoiler, sous prétexte qu'on m'a vu jouer au foot ? L'ambiance d'obligation à la psychothérapie à ciel ouvert, ça m'écœure.

Et par rapport au jeu, au football, une sensation de manque ?
Plutôt de nostalgie parfois. La dévotion que je ressentais par rapport à ce jeu quand j'étais jeune, ça me manque. On peut pas le remplacer. Il y a quand même un arrière-goût de mort, et qui est inévitable en fait.

Vous disiez que ça faisait à peu près deux ans que vous aviez commencé à vous emmerder, à Manchester. Et avant, à Lyon, ou à Nice, rien ?
Les trois saisons que je fais à Nice, c'est les plus belles. On était moyens, mais j'étais dans le club que je supportais gamin. Après à Lyon, c'était plus professionnel en un mot. À

Manchester... j'aime jouer au football, j'ai pas envie d'être un gladiateur. Les Anglais et leur *fighting spirit* m'ennuyaient parfois. Je veux gagner aussi avec les yeux. J'aime bien être détendu, je trouve ça mieux.

Il y a l'Espagne pour ça. Vous n'avez pas un sentiment de gâchis, ou de précipitation dans votre décision ?

Non. Je n'avais plus envie de la vie de joueur de foot.

Au fond, vous êtes un joueur des années 1970 qui s'est retrouvé téléporté quarante ans plus loin.

Pourquoi pas.

Vous vous retrouvez retraité à un âge où beaucoup sortent à peine de la faculté. Ça vous fait pas bizarre ?

Je végète pas chez moi en robe de chambre et chaussons à discuter avec un chat et à regarder Thierry Beccaro. J'ai une chance inouïe, j'ai bien gagné ma vie et je suis libre. Je comprends pas pourquoi plus de joueurs ne font pas ça. Ça sert à rien de gagner deux ou dix millions de plus. On gagne plus en cinq ans que 99% des gens dans leur vie.

RECTO : THIBAULT

Ça va repartir pour un petit tour. Un mois peut-être. Sollicitations, demandes d'interviews, demandes improbables, demandes de sexe, demandes d'argent. Sans oublier les lettres d'insultes, les lettres chiantes trop compréhensives, tu piges pas où le mec veut en venir à part qu'il comprend rien à sa vie et qu'il espère que toi aussi. Ou les gens qui dieu sait pourquoi sont persuadés que je suis homo et vont cinq pages durant m'insulter. Genre le « vengeur français », une lettre par semaine pendant trois mois, vers septembre-octobre en 2013. Il me suivait, ou plutôt croyait me suivre, dans le bar gay, c'était quoi le nom... rue Rossetti... « Je te vois avec ta bande de pédales, vous faites les malins, vous croyez que la France va être à vous. Au moindre faux pas, on sera là moi et mes potes. Je te surveille. Un jour je t'aurai. Avant la fin de l'année ». À l'époque j'en recevais des sacs, centaines de lettres par jour. Ça arrivait chez Étienne, il faisait le tri. Sa secrétaire devait faire des heures supp'. Yvonne voulait que je prenne un garde du corps. J'aurais encore préféré me barrer dans un pays où personne me connaît. Où on me suspecte pas d'être pédé, déserteur, ou mauvais exemple pour la jeunesse. Étienne m'avait dit « J'en ai entendu un sur RMC, il a dit qu'il t'accueillerait à l'usine, que ça te redonnerait l'envie de courir sur un terrain ». Il y en avait des compréhensifs. La plupart de ceux qui se taisent en fait, j'imagine, comprennent bien. Faut avoir le temps d'ouvrir sa gueule, et l'envie. Je pensais plus jamais donner... mais... les gens de *So Foot* m'ont eu par les sentiments. J'aurais dû le dire, TF1 m'a proposé 20 000, le *Sun* autour de 100 000. Une fois je devrais prendre rendez-vous avec eux, à Londres. Je leur mettrais un vent, juste pour les faire chier. Ou je paie un mec pour y aller à ma place, déguisé en personnage de Disney. Le plus longtemps possible de faire croire que c'est moi qui veut rester incognito. *I'm not kidding, it's really me, I just feel better this way. I need to protect myself. Look here's my wallet and here's my passport. Don't you recognize my voice? Take my cellphone and call my agent, help yourself.* Dans une chambre d'hôtel. Dans un café, ça serait pas crédible l'incognito. À la fin le mec pourrait enlever son costume de Donald Duck et eux péteraient les plombs d'avoir lâché 100 000 livres pour poser des questions à un type anonyme déguisé en canard. Je leur rendrais le fric sinon procès. C'est ce qu'ils supportent le moins, qu'on les prenne pas au sérieux. On peut les contredire des éternités avec des arguments bidons sur des sujets bidons, on peut coucher avec leur femme, s'énerver, devenir agressif, chambrer du matin au soir. Ça les dérange pas, sauf peut-être leur femme, pourquoi j'ai dit ça ? Tout ce qui maintient leur position les rassure. Ce qui prouve leur droit à exister en tant que tribuns low cost, ils l'accueillent avec une sorte de fierté plus ou moins bien dissimulée. Dans leur univers parallèle, leurs analyses de matchs, débats quotidiens ont une valeur morale estimable.

Cour d'école, crises de monstres pour rien. Quand telle chose était déclarée de la plus haute importance, et telle autre rien à foutre, comme si c'était naturel. C'est ça que j'ai quitté. Chiant d'être au centre du monde des enfantillages. Et surtout, si je finissais à trente-cinq piges, mon corps aurait été démoli. Personne veut voir l'état physique des pros après leur carrière. La compassion c'est comme la politesse, géométrie variable, on la réclame surtout quand elle va dans notre direction. Beaucoup ne voient plus qu'il y a des hommes sur le terrain. Quand je fais un doigt d'honneur à un ado devant tout le monde, là je suis clairement devenu un objet, et plus du tout un sujet. C'était de l'essence pour la machine. Ce petit con, son père était à côté de lui et je suis sûr qu'il l'encourageait, il avait dit « Sarantini ta mère la grosse salope ». Pescorre m'avait fait chier après « excuse-toi Thibault merde, tout le monde oubliera dans deux semaines ». J'avais dit que je préférais être suspendu ou payer ce qu'on voudra que je paie que de m'excuser. Pescorre, il réfléchit comme un avocat à longueur de temps, lui aussi oublie qu'on est un homme avant d'être un métier. Il m'avait pas cru quand je lui avais dit « ma ligne de défense ça sera ça : je dirai au Conseil d'Éthique que je voulais montrer un nuage au gamin, un nuage qui ressemblait à une vache. Alors j'ai utilisé ce doigt-là, de cette façon-là pour lui montrer ». Il me traitait de maso, que j'étais le plus gros taré du pays de vouloir faire un fuck supplémentaire au juge, que c'était terminé le punk, il avait utilisé le mot « débile » aussi, je lui

avais demandé : « t'insultes souvent tes clients à part ça ? ».
Le vieux Étienne nous a calmés. Il m'avait fait comprendre,
Pescorre avait pas envie qu'on porte atteinte à sa réputation.
Que si je me la ramenais avec un argument aussi pourri, ça
rejaillirait sur lui. J'avais dit que c'était ma vie, que je me
foutais de son nombril et qu'on trouverait un autre avocat.
Finalement j'y étais allé seul avec Étienne, à la convocation à
Paris. C'est loin, c'était il y a six ans. En décembre dernier,
j'étais tombé sur une compilation YouTube de choses que
j'avais dites. Deux minutes trente, on se fait résumer au
travers de quelques phrases balancées sans réfléchir. Un rôle
de bouffon... Allez c'est l'heure de décoller du fauteuil. Je
vais pas passer ma journée à ressasser. On avait dit « ok je
fais cette interview, ces gens sont dignes de confiance ».
Voilà c'est fait, on ferme la boutique. Ah y a un message sur
le répondeur. Pas envie. Je prends ce jogging, et... ce
tee-shirt, bleu sur blanc, on fait pas mieux. L'autre vieux
fouteur de merde qui passe encore sa tondeuse de
psychopathe. Addict à la tonte. Deux heures pour un jardin
de quinze mètres sur vingt, ça fait trois cents mètres carrés.
Même tout vieux ou tout lent, t'en as pour une heure, et
encore. Je vais noter aussi, acheter quelque chose pour
l'anniversaire de Corentin. Il est chez Yvonne depuis... trois
ans c'est ça ? C'est dans deux semaines, je choperai un truc
sur le net tout à l'heure après le déjeuner. Plus qu'à enfiler
mes pompes. Si je fais un fuck au vieux tondeur, on me
traînera au conseil d'éthique de la caisse de retraite ? Genre

c'était il y a deux ans non que j'ai compris que j'étais misophone. Même si l'ambiance des matchs, ça m'a jamais saoulé. Mais c'est pas pareil entre être sur le terrain et parmi la foule. La clé est dans la poche gauche voilà, euh... Allez c'est parti, toujours ce plaisir de courir seul au milieu de l'espace, de l'espace, de l'espace, des arbres, le grand putain de ciel.

VERSO : YVONNE

Thibault, petit hérisson. On sent quand on lit des choses de lui comme il a peur. D'un côté je peux le comprendre, qu'il ait peur de se faire avoir, qu'on le tourne en ridicule. Dans cette interview il peut passer pour quelqu'un... d'arrogant comme ils ont dit. C'est vraiment pas le cas. Je me dis souvent, c'est dommage qu'il ait dû partir si tôt en centre de formation... douze ans c'est trop jeune. C'était ce qu'il voulait. On était à soixante-dix kilomètres, ça faisait trop aller-retour chaque jour. Je vais poser le magazine sur la table de chevet de Benoît, il voudra le lire ce soir. C'était déjà il y a dix-sept ans que Thibault était arrivé depuis les services. Craintif plus que timide, triste, les cernes. Et le voilà connu du monde entier. Heureusement qu'on a toujours été d'accord qu'on reste à l'écart des médias, pour le bien de tout le monde, nous, lui, les autres enfants... À une époque là, c'était quand même... tous ces coups de fil, les... la façon qu'ils ont de s'y prendre. Une traque. On voit toutes ces choses à la télé, les journaux, mais ce se cache derrière, ils n'ont pas honte. Oh merde combien de cheveux blancs sont encore apparus ma vieille, détourne-toi de ce miroir. Même si ça ne suffit pas à les faire disparaître. C'est comme ce que trafiquent certains parents pour ne pas être embêtés par un enfant, ils cachent le miroir. Mes parents faisaient ça très bien, une autre époque, d'autres problèmes. Je ne leur en veux plus, c'est ridicule sinon la rancune. Papa pour les quelques années qu'il a encore. On est loin, on a jamais trop réussi. Thibault je crois que s'il était resté avec sa mère, il n'aurait jamais eu l'opportunité d'exercer son talent. On l'a aidé, c'est quelque chose qui emplit la vie. Un enfant aimé à temps ne passera pas trente ans ou toute une vie à courir après ce déficit d'amour. Les weekends, il revenait, ça l'a structuré. Longtemps j'arrivais pas à comprendre, comment peut-on faire tous ces gamins et s'en occuper de façon calamiteuse ? Au début on croit qu'ils s'en foutent de leurs enfants. C'est même pas ça, c'est rarement vrai. Souvent ces parents sont restés enfants, avec des fonctionnements qui fonctionnent pas, ils s'en rendent à peu près pas compte des dégâts. Des cerveaux d'enfants dans des corps d'adultes. Tous ceux qui ont gueulé leur haine partout que deux hommes, deux femmes, ne pouvaient pas élever un enfant. Un enfant d'abord demande qu'à aimer et être aimé. Ils peuvent être cruels mais on s'en fout, c'est passager normalement. Au fond ce qu'ils veulent, donner et recevoir l'amour ou l'affection, là ils peuvent vivre. Peu importe qui sont les gens qui permettent ça pourvu qu'ils le permettent. D'ailleurs c'est assez juste ce que m'avait dit un jour Stéphanie Alvitero, que dans une relation équilibrée, c'est aussi l'enfant qui rééduque ses parents, dans une certaine mesure évidemment. Faut que je regarde quand c'est la prochaine réunion de la section sud, dans deux mois quelque chose. C'était qui là, dans ce repas qu'avaient donné

Grégory et Jeanne, une vieille qui avait répondu quand j'avais donné mon avis que c'était quand même des lieux communs que je disais. Elle connaissait un psychanalyste, je sais même pas si elle le connaissait de la télé où en vrai. C'est un peu facile de balancer à quelqu'un « votre truc c'est un lieu commun ». On coupe, on sort aucun argument, sinon sa propre croyance en ce qu'est un lieu commun. Difficile de pas avoir envie de dire « mais je t'emmerde ma grosse ». Heureusement que la mère de Thibault n'est jamais réapparue. Depuis 2003, on sait pas si elle vit encore, c'est n'importe quoi. Mais c'est mieux. Dans une heure, Morgane arrive, et Corentin à midi dix. Thibault le gamin de neuf ans, qui appelle la police pour dire que sa mère tremble, répond plus. Je suis contente, on va le voir la semaine prochaine pour Corentin. Il a dit qu'il trouverait autre chose comme cadeau, on verra bien. Il pourrait l'emmener en vacances un week-end quelque part, ça leur ferait du bien à tous les deux. Enfin, ne pas lui dire ce qu'il doit faire. C'est très gentil à lui déjà de penser aux enfants. Bien, il est 11 h 21. D'ici vingt minutes j'irai éplucher les pommes de terre, elles sont déjà cuites, plus qu'à les faire revenir à feu doux. Pour les crudités, carottes courgettes betteraves. Et escalope de dinde à la crème. Ce soir, Benoît va récupérer Matteo au collège pour qu'ils aillent acheter des chaussures, au type de leboncoin, qu'il puisse être à l'aise pour la randonnée de samedi. Il n'arrête plus de grandir, il est aussi un peu chiant ces derniers temps. Il y a trop de moments où on a envie de lui gueuler dessus, la fois où il a explosé la porte de sa chambre avec un marteau. Benoît a mis un cadenas sur sa caisse à outils... Matteo avait rendu visite à son père la semaine avant que ça arrive, comme toujours ça le. J'espère que ces accès de violence vont se calmer, pas de recette magique. Il était venu le lendemain nous dire qu'il voulait pas faire ça, il savait pas pourquoi c'était arrivé, il demandait pardon. On avait répondu qu'il pourrait nous faire quelques petits travaux dans la maison, nous aider un peu et que ça irait. Des fois j'ai peur qu'il en foute une à un petit, ils ont tendance à se chercher comme ils ont deux ans d'écart. C'est des accès, le reste du temps il est aimable. Il a dit qu'il était bien ici. Ça fait plaisir toujours. Un peu de vanité. La fois où Thibault était redescendu de Lyon, il avait je crois 23 ans, pendant sa trêve hivernale. On était tous les deux sur la terrasse, il faisait doux, je lui parlais des enfants, comment ils allaient. Ils jouaient dans le jardin un peu plus loin. J'avais demandé : « comment tu vas toi ? ». Là il m'a surprise, il a dit « souvent ça me rend triste quand je pense à toi ». Je lui avais répondu : « ah, pourquoi ? ». Il a répondu, il avait un beau regard, au loin vers... il a dit... ah les souvenirs... je voudrais pas imaginer des choses qu'il n'a pas dites... il avait répondu « parce que t'es gentille, c'est bizarre hein, mais la gentillesse c'est une des premières choses qu'on perd. Alors ceux qui le restent, faut du courage, faut prendre le risque de se faire avoir, qu'on veuille en profiter. Ça me rend triste quand je vois quelqu'un de gentil, ou que je crois être gentil.

Parfois je pense à toi, à Benoît, ça me suffit presque à me briser le cœur. Ça m'arrive avec d'autres personnes ». Je ne suis pas sûre qu'il ait dit briser le cœur, ça lui ressemble pas, c'était quelque chose comme ça. Ses mots sont restés dans le mien. Ça sera toujours un peu mon préféré. Peut-être que j'aurais pu tomber amoureuse de lui si nous avions eu des âges proches, si d'une façon ou d'une autre nos vies s'étaient croisées. Il y a cet amour qui existe aussi, maintenant. Quand on évoquait le sujet, de trouver quelqu'un, il disait « moi je suis très bien seul ». Je sais pas s'il a évolué. Je vais me faire un verre d'eau, faut s'hydrater quand on devient vieille. Parfois on ne craint pas la mort, d'autres fois on est horrifié. Des fois on a envie de tout quitter, c'est trop dur, trop d'énergie, toute l'énergie à vrai dire et plus encore y passe. Des moments où tout va de travers avec les enfants, d'autres fois quand ils repartent pour de bon chez eux avec tous ces sentiments mélangés. C'est par vagues. Encore douze années de travail, j'ai plus d'expérience aussi maintenant, ça aide. Il faut penser à arroser les fleurs côté allée. Je vais le noter sur le tableau à la craie, voilà. Au début Thibault disait rien quand il avait mal, ou était malade. Il ne savait pas qu'il fallait le dire. Il ne râlait jamais sur ce qu'on faisait à manger non plus. Ça c'est rare. On en a eu deux ou trois des emmerdeurs pires qu'un critique gastronomique. Eux voulaient leurs parents et la cuisine de leurs parents. Une qui était vraiment chiante c'était Annabelle, un vrai cas. Ça a duré bien deux mois où elle nous les cassait « je veux pas de cette bouffe de merde »... « ce lit il pue, je peux pas dormir »... Heureusement j'ai oublié bien des choses. Le jour où elle a pu réintégrer sa famille, je l'ai vue un peu émue je crois. Sauf si c'est ce que j'ai vu parce que je voulais le voir, ça arrive. Je n'avais pas osé le dire à Benoît, je m'étais dit « pfff bon débarras ». Il ne faudrait pas c'est sûr. Parfois quand on ne nous connaît pas et qu'on dit qu'on est famille d'accueil, on nous idéalise, comme si nous étions des saints. Mais ça n'existe pas.

ZAPPING III

Nom : Kant, prénom : Emmanuel, sur un hippopotame, soudain éclaboussé. Surpris, il se cambre, tremble de mille pattes. L'avis du Rhododendron existentialiste : « Peu après 18 h 30, je me fis l'impression d'un funambule sur un rosaire ».

Le nez de Gogol a la rate qui se dilate. Cliente satisfaite, une huître luit des dents. « Attention, un chat nommé Rodilardus vaut mieux que deux tu l'auras » De Gaulle, 1954.

Jean Ermoux, journaliste interviewé par Arte dans une émission revenant sur ses quarante années de carrière : « les médias, ça serait quoi un monde sans eux ? Un citoyen, s'il n'a pas les lumières, certes imparfaites, des médias, il fait quoi ? On reviendrait à l'époque où le ragot faisait le gros des communications. L'être humain a tendance à idéaliser le passé, il faut se méfier. Je n'ai jamais cru aux paradis perdus ».

Un matelot breton se met à fondre, avant de renaître : c'est un pin maritime. Un prêtre s'évapore en pleine messe, il renaît : c'est une vessie.

Schopenhauer/Nietzsche

LE CLASH

Ne mangez pas les cheveux de Schopenhauer, ils sont si soigneusement hirsuteutons. Une girafe sortie du placard se marre : « Lé monte gomme rebrésendazion et gomme folondé ». « Che fais de dordre le gou » s'énerve Arthur, homme rouge comme une tomate. Jetzt heisst er Tomate Mann.

Arthur Rouge aurait porté plainte pour glottophobie.

« Quel serait le plus beau mot au monde » s'énerve Nietzsche, « Ma moustache est plus intelligente que n'importe laquelle de vos villes, y a-t-il un mot, une phrase, qui puisse rendre la vie à la vie ? Si vous ne le savez, laissez votre langue où elle se trouve, vous autres philistins. »

Ambiance KING KONG chez les philosophes

Sur cette vidéo publiée sur Twitter, on voit Nietzsche mesurer plus de cent vingt-trois mètres. Sa moustache dépasse le mètre. Nietzsche souffle sur un palefrenier qui étouffe de rire tandis qu'il s'envole, ses dents tombant comme neige et boum, le pauvre homme atterrit contre la Chartreuse de Parme. On aimerait pas être à sa place !

Conséquences économiques

L'industrie du scotch se montre confiante « Sterling & Cooper ne manquent pas d'air, notre scotch adhère ». Les ventes augmentent de 4,68% en marge démiurge, le seuil de rentabilité saillira l'entreprise au printemps.

Après l'attaque aux cornes scotchées sur le front en Espagne, tout homme portant une barbe de plus de trois jours sera suspecté d'être torero, dans le cadre de l'application du niveau 4 de la loi anti-torerisme. En réaction, l'Iran a multiplié les checkpoints afin de vérifier que les hommes ne s'épilaient pas.

Retour sur Terre, femmes et hommes à l'allure réverbère, vos élucubrations m'indiffèrent. Avec ou sans haltères je me badigeonne la tête d'épinards, foison de fer. Molière est au cimetière, le dictionnaire en poussières, longue vie à mes salaires. Au Niger je ferai construire sur chaque miette de terre un centre commercial digne de Gulliver, croix de bois croix de fer, si je mens, je vais en enfer.

Cet homme ambitieux est interviewé par l'homme aux semelles en vent téméraire :

— Comment allez-vous, loup fuyant ?

— Loup fuyant ?

— Et la peur se fit fabriquer un costume de reine, l'enfila, et les yeux circonvenus louchèrent à perte de vue.

— Vous pouvez résumer la question ?

— La vie ?

Toujours sur Arte, Jean Ermoux déclare :

« Le vingt-et-unième siècle commence avec le 11 septembre 2001. Les deux avions détournés par des djihadistes qui réduisent le World Trade Center en cendres. Les milliers d'innocents morts. Les images en boucle sur les chaînes. L'information en continu renverse tout. On ne comprend pas, on reste des heures à revoir et écouter les mêmes choses et discours. Mais on est avec d'autres à ne rien comprendre. Le vingt-et-unième siècle débute dans l'horreur et l'incompréhension. Oui, l'information fonctionne trop sur la panique. Et elle console en affirmant qu'on est ensemble. »

En 2020, la somme des données produites par l'homme aura dépassé le nombre d'étoiles dans l'Univers. Comment tentera-t-on de s'imaginer l'infini ?

Grèce ? Geai. Graisse ? J'ai. Le temps presse ? Les hommes pressent le temps. La presse leur tend les bras.

Crise d'asthme, envie de terrier ou de meurtre ? Ils sont trop et partout ? Ils font trop de bruit ? Grâce au détecteur de blaireaux Blairi-Flair, retrouvez votre tranquillité.

Capable de repérer un jeune surexcité, une pétasse ou une vieille chieuse à plus de deux cents mètres, l'application vous avertit et indique le chemin le plus tranquille pour votre bien-être. Visitez notre site blairiflair.fr pour découvrir toutes ses possibilités.

Madame Berges, intervient sur RMC :
« Moi je vote Gremchellin, faut redonner la voix au peuple dans la rue. On peut finir la crise que comme ça. » Un panneau publicitaire remporte l'élection présidentielle.

Le professeur René Selbiac transmet son analyse par particule de nanopigeon :
« Cette femelle Homo sapiens, d'un poids de 78 kilos et d'une hauteur d'1,66 m se meut en propulsant ses jambes jusqu'à son véhicule (moyenne : 13 cm, intervalle de confiance à 95%). L'évolution de son espèce lui permet d'utiliser cet engin sur des chemins. Le dimanche 18 juin 2017, notre sujet d'étude a usé de ses possibilités mécaniques pour se rendre auprès de ce que l'on appelle la mairie. Grâce à son cerveau complexe, elle a pris la décision qui lui semblait la plus convenable quant au choix du mâle alpha de sa nation. Par ailleurs ses cordes vocales en résonant lui ont permis de communiquer son choix à ses congénères. »

Extrait d'un débat hebdomadaire ayant lieu de 23 h 15 à 00 h 55 sur France 3 : « Vous n'êtes pas raisonnable » déclare Patrick Tufsal à un homme qui, à l'occasion, aime montrer qu'il est révulsé, « on se sert des médias comme on vit. Arrêtez de nous faire croire que les médias c'est le goulag des temps modernes, personne ne force personne à regarder des émissions de merde. Les gens ont encore un peu de responsabilité dans leur vie ».

scroll scroll scroll scroll scroll

Un charlatan mime la frimousse d'Einstein. Une fripouille taillade la cuisse de Satan. Un Suisse fripe la couille d'un Sultan. Saint-Sulpice prise la fouille d'un flétan. Une grenouille surprise flétrit l'étang. Une tante graisseuse souille ses frites de sang.

Orages époustouflants. Épouses soufflantes de rage. Essoufflement et bagout : surnage. Foulards et cagoules : courage. Du fioul dans les épinards : sarcophage.

Tentation de l'abîme, du piètre sacrifice. Sourires factices, farces et manèges. Auspice d'hiver, soupirs sous neige. Sources d'éclairs, fous rires stratèges. Désert sous stratosphère, lumière : siège ?

La mort, les mots, un air à sauvegarder.

Danses chancelantes, démences arrogantes. Nuisances sonores, luisantes aurores.

LES MATINS DE FRANCE CULTURE

Émission radio
Mardi 17 février 2015, Extraits

MARC VOINCHET

Pour vous présenter Stéphanie Alvitero, vous êtes journaliste au magazine *Terra Eco*, mensuel traitant des questions environnementales. Vous êtes également vice-présidente de l'association *En Transit*, qui a pour objectif de réfléchir et agir sur nos choix pour, je cite, « se diriger vers une harmonie Terre-humains ». Le 10 janvier dernier est paru votre livre qui a pour titre *L'arbre est ton ami*, aux éditions Autrement. Pourquoi ce titre ?

STÉPHANIE ALVITERO

J'aurais pu choisir plus sérieux. Ou un titre choc... *Massacre mondial à la tronçonneuse*. Il se trouve que faire peur avec l'anthropocène, les gens écoutent cinq minutes et ils oublient. Le cerveau n'arrive pas à s'inquiéter de ce qui se passera à la fin du siècle.

RUTH STEGASSY

Le pessimisme et l'alarmisme règnent. Ou alors, l'indifférence, le déni. Est-ce une troisième voie que vous cherchez à mettre en mouvement ?

STÉPHANIE ALVITERO

Le catastrophisme est difficile à vivre. D'un autre côté on a les technolâtres qui pensent que la technologie va nous sauver. J'ai cessé de me demander s'il valait mieux être optimiste ou pessimiste. Ce que je souhaiterais, c'est réfléchir à ce que l'on peut faire pour vivre mieux. Je suis défavorable au retour à la grotte, comme je suis défavorable à la stupidité du système économique actuel. Le terme de troisième voie ne m'intéresse pas à vrai dire, je ne fais pas de marketing. Mon école, s'il faut un nom, c'est le pragmatisme.

MARC VOINCHET

Parmi les catastrophes naturelles actuelles, celle qui fait le sujet des premiers chapitres de votre livre, c'est le sort de l'Amazonie et des forêts tropicales.

STÉPHANIE ALVITERO

Oui enfin naturelle, c'est une catastrophe humaine. Ça fait trente ans que tout le monde sait que l'Amazonie est saccagée. On se contente de déclarations de bonnes intentions, le greenwashing est partout. Sur une année c'est la Belgique qui disparaît. Sur le plan sémantique des termes comme développement durable ont été rackettés, ça ne veut plus rien dire. La stratégie peut se résumer par : peu importe si c'est vrai, l'important c'est que vous croyez que c'est vrai. C'est pas que l'Amazonie. La moitié des forêts qui recouvraient la terre ont été décimées par la main de l'homme. En Asie, il ne reste que 28% de la couverture forestière. Les forêts ont créé des environnements propices à beaucoup d'espèces dont la nôtre.

***

MARC VOINCHET

Imaginez l'auditeur qui se dit « Je fais quoi ? Je n'achète plus de meubles en bois ni de livres ? ».

STÉPHANIE ALVITERO

Je n'aime pas passer pour une donneuse de leçons, même s'il faut accepter que les autres puissent mal interpréter vos intentions. Ou qu'ils projettent leur culpabilité, qu'ils refusent d'admettre, sur vous, en vous prêtant des postures moralisatrices. Toute ressource, dans notre état technologique actuel a ses limites. On peut s'en foutre et se dire que c'est ceux qui vivront dans cent cinquante ans qui auront une planète pourrie sur les bras. C'est ce que fait beaucoup de monde aujourd'hui. Le bois, le mieux c'est consommer des espèces locales, les labels, le FSC, le PEFC. Recycler. Acheter d'occasion. Acheter peu. Vivre quand même.

RUTH STEGASSY

Il existe des projets de reboisement. Une entreprise va dire *nous replantons tant d'arbres pour tant de produits qu'on nous achètera*. Ces arbres ils existent non ?

STÉPHANIE ALVITERO

À la longue on va en planter sur la Lune. Les énergies fossiles encore disponibles dans les sous-sols c'est quatre milliards de tonnes de CO_2. C'est dix fois plus que ce que contiennent les forêts. Planter des arbres, on parviendra jamais à compenser. Est-ce qu'on va demander aux gens de boire plus d'eau pour que le niveau de la mer cesse de monter ?

MARC VOINCHET

Voici venue l'heure de la chronique de Brice Couturier, bonjour Brice. Vous avez la parole.

BRICE COUTURIER

Il y a dix ans les climato-sceptiques pouvaient encore parader pour nous assurer que de réchauffement il n'y aura pas. Claude Allègre déclarait avec la force d'un mandarin face à la plèbe inculte qu'il semblait désigner que « tous les graphiques utilisés pour défendre cette idée se sont révélés, à l'examen, faux et truqués ». Accusation de malhonnêteté à l'encontre des climatologues, ne s'appuyant sur rien, dans son livre qui débordait de graphiques par ailleurs fallacieux. Dans ce même livre, *L'imposture climatique*, Claude Allègre affirmait que « l'océan absorbe les deux tiers du gaz carbonique émis par l'homme ». Vérification faite, il ne s'agit que d'un quart. Claude voit allègrement triple. Pour nous rassurer, il nous tenait par l'épaule et nous soufflait que « depuis trois hivers on patauge dans la glace ». Démonstration scientifique faite dans les règles de l'art : puisqu'il neige toujours, pourquoi parle-t-on de réchauffement climatique ? Il parlera d'un « mythe sans fondements », soutenant que les nuages et l'activité solaire ont des impacts plus déterminants que l'activité humaine sur le réchauffement. Fatigués par les apostrophes de Claude Allègre, des centaines de climatologues avaient fait appel à la ministre de la Recherche, Valérie Pécresse. Elle demanda à l'Académie des Sciences de mettre un peu d'ordre. Et les conclusions de l'Académie confirmèrent la hausse des températures de 1975 à 2003, assurant que « cette hausse est liée à l'augmentation de la concentration en CO_2 dans l'atmosphère et à un degré moindre d'autres gaz à effet de serre, incontestablement due à l'activité humaine ». Elle précisa que « l'activité solaire, qui a légèrement décru depuis 1975, ne peut être dominante dans le réchauffement observé sur cette période ». Figurez-vous que parmi les signataires de ce rapport de l'Académie des Sciences, adopté à l'unanimité, on retrouve Claude Allègre. Le Docteur Jekill and Mister Hyde de la climatologie ira parler d'un « compromis ». Allez savoir où il voulait en venir. Tout cela pour en arriver à un fait : une dizaine d'années plus tard, les fanfaronnades se sont raréfiées jusqu'à être inaudibles. Et une évidence semble se présenter, on ne peut pas lutter à la fois contre le changement climatique et promouvoir la croissance. Il faudrait choisir son camp entre la décroissance et la poursuite inconsciente d'un modèle de société destructeur. Et si ces deux visions antagonistes étaient, elles aussi, en train de prendre la poussière ? N'y a-t-il pas dans ce débat sans fin quelque chose de déjà anachronique ? Peut-on pertinemment rejeter la nécessité de modifier en profondeur notre modèle au prétexte qu'il s'agirait forcément d'un retour en arrière ? Et peut-on invoquer le principe de décroissance au prétexte que nous avons été maladroits et trop peu regardants jusque-là, et donc obligatoirement et à tout jamais hyper-pollueurs ? Et si une autre solution se dégageait d'elle-même, à force d'un travail sérieux, par-delà les controverses ? Les coûts de l'énergie solaire et éolienne ont baissé. L'homme a démontré sa capacité à générer des révolutions technologiques qui ont bouleversé le monde. Le *New-York Times* écrivait par exemple, en 2012 qu'avec une prise de conscience qui s'était accrue, les moyens humains et matériels à disposition, l'accélération de la circulation des connaissances, rien n'empêchait de croire qu'une nouvelle percée technologique puisse créer une rupture propre à mettre au point une énergie qui soutiendrait notre économie sans réchauffer la planète. Rebrousser chemin et attendre de voir ce qu'il adviendra, ce principe de précaution est-il meilleur qu'une recherche active de progrès dont on peut espérer qu'ils stoppent les dégâts mais aussi enclenchent la convalescence de notre planète ? On sait que si on leur laisse le temps, les forêts se refont. Peut-on espérer que nous soyons capables de les laisser se reconstruire et dans ce cas risquer de bloquer le progrès n'est-il pas plus dangereux que de prôner une abstinence contemplative infinie ?

STÉPHANIE ALVITERO

Vous évoquez le risque de l'attentisme mais c'en est une autre forme que de scander depuis quarante ans « vive le marché, vive le progrès, vivent nos entreprises qui vont nous trouver la voie ». Vous pouvez ne pas ressentir la profonde aliénation qui engloutit des marées d'êtres humains à travers le monde. D'autres voient ou croient voir ça. Petit aparté, non le climato-scepticisme se porte toujours très bien, mais c'est un autre sujet. Ce qui serait bien, je crois, c'est que peut-être on pourrait proposer pour l'avenir de nos sociétés quelque chose qui intègre le fait que nous ayons des émotions autres que celles sur lesquelles joue la publicité. Que l'homme n'est pas forcé d'être un compétiteur du matin au soir. Le problème n'est pas que technologique ou économique, il est aussi psychologique. Les définitions du mot progrès divergent.

***

MARC VOINCHET

J'aimerais pour finir, citer un extrait d'un entretien qu'a donné le biologiste Francis Hallé, en janvier dernier au site Rue 89 : « Tant qu'il y aura des arbres à couper, l'homme les coupera. Pendant qu'on tournait *Il était une forêt*, on entendait les tronçonneuses et les vieux arbres tomber toutes les cinq minutes. Les derniers grands arbres vont tomber comme ça, il ne faut plus espérer les sauver. Un grand arbre tropical, on peut gagner facilement 300 000 euros en le coupant. On les trouve souvent dans des pays très pauvres. Des grandes compagnies viennent, les coupent et les vendent alors qu'ils n'ont même pas eu besoin de les planter. Ils ont juste besoin pour ça de trois mecs mal payés et d'une tronçonneuse ». Que vous inspirent ces mots ?

STÉPHANIE ALVITERO

De la tristesse. Nous sommes sur Terre, on peut la remodeler jusqu'à un certain point, mais ce n'est pas notre Terre. Que nous foutions tout en l'air ou pas, ça ne changera pas.

RECTO : STÉPHANIE

J'ai pas trop pigé ce qu'elle m'a dit sur ses poiriers qui... je sais pas quoi. Peut-être que j'ai mal écouté. Elle a pris deux photos, j'espère que j'ai pas une tête trop laide au moins sur une. Regarde-la, une vraie gamine. Tout le monde fait ça. Ceux qui n'y pensent pas font semblant de ne pas y penser... c'est normal de ne pas vouloir avoir une sale gueule ou un poil qui sorte du nez. Je le note sur le... voilà... regarder ma tête sur franceculture.fr... demain... 10 heures. Je vais rentrer à pied, en me grouillant c'est vingt minutes. Je sais pas contre quoi je lutte exactement. Peut-être la cupidité, ou l'individualisme niais à sacs de courses, tout ce qui attaque ma santé, ou la santé de tout le monde. J'ai écrit mon premier livre... je passe chez Marc Voinchet, ma vanité est un peu satisfaite, le monde pue toujours du cul à part ça. Plutôt moche la Seine aujourd'hui, brunâtre. Les vieux dans leurs bagnoles énormes. Ils devraient nous guider, nous engueuler, nous avertir, nous assagir. Après moi le déluge. Le monde comme représentation d'un club de vacances. Par Arthur, animateur télé. Tu t'amuses bien papi ? Est-ce que je parle sans savoir ? Qui parle en connaissance de quoi ? Cancer dans ton cul. Je suis contente d'avoir le reste de la matinée avec Alexis. Faudra que j'avance sur l'article sur la slow cosmétique, chercher exemples sur Aroma-zone, les cinq six blogs que j'ai mis de côté. Si je me bouge, je peux trouver une heure avec lui. Au moins on sera dans la même pièce. Toujours dur de ne pas être hyperprotectrice. Ne pas étouffer, ne pas, ne pas, ne pas... Il faudrait dire... trop crevée, quelle importance de trouver le mot si je ressens la chose à faire ? L'intuition c'est facile. C'est nommer qui est compliqué. Ce matin, impression de mouliner dans le vent, on parle, on présente des données, tout patauge. Est-ce qu'on est vraiment de tels monstres ? Un tas de portefeuilles ambulants ? Nausée. Toutes les deux minutes le refrain revient... qu'est-ce qu'on fout ? Pourquoi ? Pour rien ? Est-ce qu'une idéologie insidieuse enveloppe vraiment comme par mégarde les gens ? L'autre con là chez Ruquier, « vous savez ce qu'on dit, on ne fait pas de bonne littérature avec des bons sentiments. Eh bien, vous êtes vraiment sympathique Madame mais peut-être est-ce le cas pour un essai aussi ». Parce qu'on fait de la bonne littérature avec de mauvais sentiments peut-être ? Sociopathe. Avec sa gueule de chiot pourri. Débattez, faites du bruit, des grimaces, bougez les bras, ne vous arrêtez pas. Du même genre, merde je sais plus quel pays arabe avec des gros nazes qui pétaient les plombs pour la couverture de Charlie, qui se sont mis à brûler le drapeau de l'Italie avec la tronche de Sarkozy en photo. Pourquoi pas Mitterrand. Les gars votre prophète il a été représenté, ça fait des siècles. Comme si on avait besoin de ça en plus. J'ai expliqué comme j'ai pu à Alexis. Connard barre-toi avec ta caisse ! C'est un putain de trottoir ici, on marche où nous ? Il est content d'être con. Décède décède décède. Putain j'y crois pas. Pas envie la réunion cet aprèm, toujours les mêmes merdes. J'étais censée ne pas penser au travail. Parfois ça marche, cinq ou dix minutes. Les méandres du cerveau. Ne jamais rater une occasion de ne pas se plaindre. La tête à tout, la tête à rien. Un peu phrases toutes faites tout ça. Mais ça aide parfois. Combien de personnes j'ai pu toucher en fait ? Lâcher le travail, lâcher le. Ouais bon, ça vaut peut-être mieux que de... que de penser au bordel consternant qui règne ici, entre les islamistes qui délirent, l'économie qui joue à Prométhée, Poutine qui... autant penser aux arbres. Allez vous faire foutre avec vos religions, votre hypocrisie infantile et vos archaïsmes. On peut respirer deux secondes ? En fait l'Histoire montre une chose, la méchanceté a une limite principale, la mort. Peu de gens brisent sa spirale. Une autre sorte d'énergie fossile, durable par contre. Hérédité... commune ?... non... Le mot que j'avais noté de Philip Roth au sujet de ce vieil homme qui avait sa fabrique de gants en cuir... plus la citation exacte en tête, il disait que le miracle n'était pas qu'il soit devenu un dur, mais qu'il puisse être encore si courtois et agréable aux autres. Dans *Pastorale Américaine*. Couverture Quarto. Quelle vie a-t-il maintenant qu'il n'écrit plus ? Vaut mieux le laisser tranquille. Qu'est-ce que je raconte, comme si je l'embêtais en pensant à ça. J'en avais parlé à Aurore, de Roth. Elle avait discrètement râlé dans son genre à elle, misogynie, anti-féministe. Images absurdes qu'ont les femmes sur les hommes, les hommes sur les femmes, et d'ailleurs les hommes sur les hommes, les femmes sur les femmes. Comme si un être humain était un fichier appartenant à un dossier, fragmentable, assimilable à tant de catégories. Bagnole à la con... casse-toi au lieu de me foutre les poumons en l'air. Va te faire enculer tes putains de genoux, je te hais, je hais ta tête meuf. Comment espérer se rencontrer au-delà de ces barrages de sens commun, d'aveuglement de convention. Je suis la rockeuse de diamant, je suis la rockeuse de diamant! JE SUIS LA ROCKEUSE... JE SUIS LA ROCKEUSE... JE SUIS LA il est laid ce tag. Faudrait que je retourne sur ce site avec plein de photos de street art du monde, il y avait des trucs bien. En tout cas mec tu mérites pas d'y figurer. C'est peut-être une femme. Pourquoi j'ai chanté Lara Fabian juste avant? Non... Lara... Catherine Lara. Qu'est-ce qui a changé chez moi depuis l'âge de 14 ans? Je sais pas... c'est difficile de bouleverser... modifier... bref je parle de... de l'interprétation de ses perceptions. Affinement? Meilleur équilibre? Je passais mon temps à être choquée... Heureusement Tristan tu apparus dans ma vie, et Alexis tu vins me donner ta joie et la force de continuer... et des cacas qui puent la merde à mort. Vive l'amour! Ça serait bien de lui offrir un instrument de musique pour son anniversaire, pour la mémoire, le cerveau, l'anxiété. Orthorexique de la santé. Faudra qu'on en reparle avec Triton. Pas faire un cadeau qui nous fasse plaisir, mais qui plaira à Alex. En même temps c'est dans trois mois, stresse pas meuf. Trop envie de faire pipi, pas pensé à y aller en partant de France Culture, idiote.

Quelle vie de misère elle me fait mener cette vessie de poupée. Je peux pas faire quoi que ce soit plus d'une heure sans avoir envie. Penser à autre chose. Pourquoi... putain mais comme elle me mate... Ça se voit que j'ai envie de pisser ? Il y avait pas un article... je sais pas quel site. Genre toutes les femmes aiment se faire mater dans la rue, rêvent de se faire violer, mais allez vous pendre les débiles, déjà tous les regards se valent pas hein. Ou sur féminin-bio c'était cette cinglée qui disait : caricaturistes sans tabou et terroristes, qu'elle voulait apaiser son corps par rapport à cette histoire, ne pas prendre parti pour retrouver la paix ou je sais pas quoi. Sans tabou... retourne chez ta mère. Dans deux minutes j'y suis. Alex doit avoir fini son petit-déjeuner. Faut que je pense à envoyer le CESU avant fin de la semaine, pour qu'Émeline ait rapidement son salaire, je pense que ça lui fait plaisir d'être payée un peu à l'avance. On pourrait jouer à Mario Kart 8 sur la Wii U, ça fait un moment qu'on a pas joué tous les deux. Ou un truc qui fait bouger, un jeu de danse. Le rire d'Alexis aaahaaa. C'est vrai ce qu'avait dit Breton sur le fait qu'à deux on se débrouille mieux que seul pour atteindre certains buts qu'on souhaite atteindre. Il l'avait mieux dit, mais je suis sous l'emprise d'un gros pipi. Comme les White Stripes, ensemble la musique est vivante. Séparés c'est laborieux... On pourrait l'inscrire à un sport. Mais ça va être chiant à organiser. Non, on se débrouille toujours. Ou bien lui offrir un voyage en croisière avec Dominique Fernandez à Saint-Pétersbourg. Le petit Alexis sur le bateau, n'importe quoi. Faudra que je dise la blague à Triton, ça le fera rire. J'espère. La réflexion de Robert le type hyper chiant quand par hasard je lui avais dit qu'on pouvait s'amuser à la Wii, que ça faisait bouger. Commencé à saouler avec ses études, les retards scolaires, les problèmes psycho, développement, violence, concentration, et évidemment pollution. Les associations souvent c'est relou, personne ose le dire. Vas-y bride ton gosse à mort, laisse-le jouer qu'avec son boulier et un putain de bilboquet et abonne-le au *Monde Diplomatique* pour ses cinq ans, il sera vachement équilibré. M'avait dégoûté à me faire la morale. On l'a achetée d'occasion la putain de console, on achète tout d'occasion. Piiipiiiii! Allez une minute à peu près, j'avais dit deux il y a cinq minutes, j'étais optimiste. Dire à Émeline pour le CESU. Elle est toujours pressée, bon c'est bien pile à l'heure. Allez on se retient on se retient... Topinambour topinambour topinambour, ça marche pas... pas penser au torrent qui veut jaillir... Elle va encore me prendre pour une folle, je vais arriver en trombe et filer aux WC. Un étage... arrête j'ai l'air cinglée là. Toute contorsionnée, balance tes godasses dans le couloir je les rangerai après. Ah enfin la porte, merde c'est fermé... je m'en fous de m'être fait cambrioler je veux juste pisser... bon... chope tes clés connasse chope tes clés... allez allez allez... voilà... ooouuh... aux chiottes! vite! j'entends des pas... Alexis qui arrive... je m'en fous si je le fais tomber... merde mec je t'adore mais j'ai le Niagara en moi...

VERSO : ALEXIS

Bon j'écoute plus moi maintenant. Tout ce qu'elle sait maman... Je dois dire cet aprèm à Noah que maman ce matin elle était sur la radio à France Culture, que... mais il est chiant ce chat il veut bouffer toujours, je te pique tes pâtés moi ? Allez bouge, Luciole. Maman elle dit qu'elle veut pas faire de la politique mais moi je crois qu'elle peut au moins être... maire de Paris. Il y a ministre aussi. Je sais pas ce qui existe comme choses à faire comme ministre. Mais faudrait que je redise à maman « regarde comme les gens t'écoutent, c'est super important, moi je suis sûr que les gens... » Et Présidente de la France ? On aurait une super vie dans un palais et j'aurais un costume et j'irais faire le tour des écoles dans toute la France pour apprendre aux enfants à planter des arbres. Je serais comme le Président des enfants de la France. Des filles tomberaient amoureuses de moi, elles auraient des posters de moi. Je pourrais engager Noah et Adrien comme super assistants. Peut-être qu'on serait invités aux États-Unis, on aurait un avion spécial zouuuuuu. Cool bientôt plus que la tartine au miel, trop bon, c'est ça qui est le plus bon de tout. C'est quand même dangereux Président de pays, il y a les terroristes qui veulent tous les tuer. Est-ce qu'ils veulent buter les maires aussi ? Faudra que je, non mais en fait ils veulent tuer tout le monde non ? Si un jour on est tous en classe et que des monsieurs viennent tout à coup et balancent des bombes... Adrien il dit qu'aux USA c'est pire, c'est les collégiens qui tirent parce qu'ils sont devenus cinglés. Ce que je comprends pas, même Adrien il avait pas compris, c'est comment ils deviennent cinglés puis flinguent plein d'enfants. C'est trop bizarre comme truc. Pourquoi un enfant aux USA il devient fou et il tire sur les autres mais pas chez les autres pays ? Papa dit que ça arrivait là-bas mais c'est rare. Je sais pas comment faire, si c'est un pistolet et qu'on se met sous la table peut-être qu'on peut rester en vie. Mais la bombe elle explose tout. J'espère jamais que ça nous arrive. Tout en morceaux beurk, c'est dégueu, et ça doit faire hyper mal. Faudrait leur faire la guerre à ces sales connards. Moi je crois pas que c'est vrai qu'une des personnes qui est morte à l'attentat du journal c'est l'oncle de Coralie parce qu'elle raconte toujours des conneries, il a raison Noah. Une fois elle avait dit que son papa, il était d'abord Roi de la Belgique et qu'il était venu en France à Paris pour devenir le nouveau Roi de France aussi. C'était en CE1 je crois avec Maîtresse Houllier. Trop pourri, après Jeanne avait dit à Adrien qu'elle avait déjà vu le papa de Coralie et qu'il était pas du tout Roi, qu'il travaillait à vendre des lunettes. Elle est à fond avec Sophie, les deux grosses nazes. Pires nazes de la classe, avec aussi Maxime... et Amara un peu. Émeline elle est toujours dans la cuisine ? Ouais je pense. À faire ses études pour son bac à L'Oréal. Et si j'allais doucement dans la chambre de papa et maman pour mettre Gulli ? Pas fort, elle entendrait rien. C'est chiant de pouvoir faire qu'une demi-heure de télé par jour même en vacances. C'est pour ma santé mais bon c'est chiant. Ok je dois brosser les dents. Adrien il peut faire comme il veut, trop la chance... Peut-être cet aprèm, on pourra mater Gulli chez Noah. Je crois pas que sa mère va nous engueuler si on le fait. Moi j'aimerais bien me présenter pour faire Président des enfants. Je pourrais passer aussi sur France Culture, alors le monsieur il demanderait...

— Monsieur Alvitero qu'est-ce que vous comptez faire pour que les enfants du pays ils soient en pleine forme et heureux ?

Qu'est-ce que je dirais ? Euh...

— Je ferais que tous les enfants du CP au CM2 ils auraient un grand jardin pour tous et où chaque enfant il aurait comme devoir de faire pousser un arbre et de faire attention à lui. Parce que d'abord c'est bien pour la Terre qui souffre et a besoin d'arbres pour la soigner. Ensuite les enfants seront contents et auront du respect pour la nature et leur santé sera mieux et... puis comme ça ils seront super bons à l'école. Les parents arrêteront de les engueuler et... plus personne va redoubler.

Alors lui il dirait :

— Et à part ça vous voyez quoi pour apporter du mieux pour la vie des jeunes ?

— D'abord je ferais qu'il y a une loi qui interdira qu'il y a du terrorisme dans les écoles parce que si on tue trop les enfants, après il n'y aura plus d'adultes. Ce qui serait débile. Faut les protéger pour qu'ils puissent apprendre sans avoir peur. Sinon je dirais même d'envoyer tous les terroristes du monde sur une île déserte avec des gros murs de cent kilomètres de haut et alors on aura plus besoin de se demander s'il va y avoir un crime.

— Vous croyez pas que ça soit cher ?

— Mais si des gens veulent nous tuer c'est important. Ça fera du travail pour plein de gens qui construisent des murs. Et pour ceux qui vont les surveiller avec des armes et des tanks.

— Ah oui. Et d'autres idées ?

— Ouais. Moi je crois qu'on a le droit de rigoler un peu à l'école. Alors tous les vendredis de 3h à 4h je dis que maintenant on apprendra aux enfants du CP au CM2 à jouer aux jeux vidéos. Parce qu'il y en a certains qui sont trop pauvres, ils peuvent pas avoir une console chez eux à cause de l'économie. Ça sera bien que tout le monde puisse jouer et s'éclater à la fin de la semaine.

— Mais l'école c'est fait pour apprendre en français, en histoire, en maths, pas pour s'éclater.

— Beaucoup d'élèves sont carrément en colère, vous verrez qu'on sera prêts à faire la grève. On demande pas d'avoir une piscine ou des gâteaux au chocolat gratos à toutes les récrés, on veut juste une heure à la fin de la semaine pour

Ça fait trois minutes de brossage des dents c'est bon. J'espère qu'un jour je serai aussi à la radio, mais en même temps c'est du cinéma que je vais faire, je crois pas qu'on peut faire des films et être Président de quelque chose. Monsieur Hollande il fait pas de films non ? Peut-être le week-end quand il se repose, ça pourrait être sa passion, ou bien de jouer au foot. Comme Adrien qui veut être footballeur au PSG plus tard. Comme ils jouent le dimanche, le reste de la semaine quand il a pas entraînement, il pourrait être ministre chez moi. Et puis Noah il sera écrivain de jeux vidéos, trop cool il pourra me filer plein de jeux gratuits. On verra ensemble pour se mettre d'accord. On aura des métiers hyper géniaux, on sera connus partout, la bande à Alex Nono et Ad. Pas comme Coralie, Yasmina ou Sophie, le clan débile avec leurs métiers de nuls d'esthéticienne ou gardeur d'animaux. Trop chiantes. Amara lui il veut faire chercheur, mais chercheur de quoi c'est débile. Il dit son père il fait ça, il ment c'est obligé. Maxime il a dit il veut travailler sur un ordinateur. Ouais super, il croit quoi déjà. Il va voir un patron et dire mon métier c'est d'être sur l'ordinateur, vous avez pas un travail pour moi. Ils saoulent à toujours être cons. Ils iront jamais aux USA avec ça comme truc qu'ils savent faire. Même pas en Italie je parie. Elle avait raison Jeanne c'est des bouffons. Ouais mais je suis sûr il y a des dessins animés cool à la télé en ce moment et en plus comme c'est les vacances. Vas-y je demande Émeline vite fait.

*

J'en ai marre putain ! Adrien il peut faire comme il veut

tout le temps et Nono il a beaucoup plus le droit pendant les vacances et le week-end et moi toujours à une demi-heure par jour, comme je me fais arnaquer. Elle est quand même belle Émeline, j'espère plus tard je l'emmènerai aux USA quand je serai connu... peut-être elle sera amoureuse, on se mariera là-bas. Après qu'on a fini l'école tous les deux. Enfin non quand j'aurai travaillé un peu et que j'aurai des fans à donf. Elle sera super fière et en méga love de moi. Je comprends quand même pas pourquoi les enfants aux États-Unis ils font des meurtres en plein dans l'école sans qu'on comprenne pourquoi et pourquoi chez nous ils font rien. Il y a juste des bastons c'est tout. J'ai jamais entendu ça, qu'un élève tire avec un flingue sur d'autres élèves. Mais c'est vrai, il y en a ils ont été arrêtés par la police parce qu'ils avaient fait une lapologie de terrorisme. Peut-être que dans notre classe il y a des garçons ou des filles qui font ça. Ouais je sais plus trop où il y a des enfants de 8 ou 9 ans à qui les policiers ils ont posé des questions à cause de... Mais j'ai pas trop compris, c'est quoi une lapologie ? Jamais entendu avant qu'il y a l'attentat. Lap... lapo... lapo... lapolo... lapo... bizarre... on pourrait dire comme lapin. Mais ça voudrait carrément rien dire un lapin qui fait le terroriste, il y a qu'un petit de CP qui peut croire ça. Un lapin ça va vite, alors celui qui fait des lapologies de terroriste, il devient tout à coup un terroriste et il fait très vite plein de crimes à fond. C'est un peu bizarre. Faudrait que je demande Émeline pour être sûr, mais faut pas la déranger, elle travaille, je viens déjà de demander pour Gulli. Sinon je peux mater dans le dico. Il est là-bas, derrière le classeur des fiches des films je crois. Fais voir... ah non... Adrien la dernière fois il trouvait pas son FIFA de sa 3DS, alors il a commencé à appeler le jeu en gueulant « t'es où FIFA ? t'es où, allez viens ici » comme si c'était un clebs, on s'est trop marrés. Peut-être dans ce truc... non... ah il est dans la table de chevet, le tiroir, cool, ouf... bon... c'est lourd, je crois que ça pèse au moins huit kilos, faudrait le mettre sur la balance de la salle de bains. Je vais le poser sur le lit... bon alors... drumlin... colline allongée et... on s'en fout... ah un dromadaire... il a combien de bosses... on dirait une mais... bizarre la photo... mammifère proche du chameau, à une bosse... bon allez L... intercéder... non... monteur... apologie c'est avant monteur... maître... incinérer... vas-y il y a pas de L ou quoi... ouah le lion comme il fait peur, je suis sûr un terroriste contre le lion, c'est le lion qui bute le terroriste direct. Le gars il le déchiquète je te jure. Il doit avoir des dents au moins grandes comme un crayon... un crayon neuf bien sûr... liposuccion... lapologie c'est L A, faut que je retourne un peu, pas trop sinon... lépdosi... lépidostée... non... encore... langue... L A languedocien... lanterne... faut que je fasse caca, d'abord je trouve vite... laogui... c'est quoi ça... système con concen, concenquoi ???... concentrationnaire de la République Populaire de Chine... rien compris... lapalissade... il y a combien de A dans ce mot... un... deux... trois... pas mal... dans Alexis il y a que un A... Stéphanie...

un aussi... et Tristan... aussi ... on a tous un A dans notre prénom... lapement.... lapiaz... lapié... lapis-lazuli, c'est quoi ce machin de merde, pierre fine d'un bleu intense, j'en m'en fous... mais c'est joli ce bracelet, il y a les yeux comme les Égyptiens comme on avait vu... lapon... lapping... laps... lapsus... laquage... vas-y mais c'est quoi ce, j'ai dû rater... il y a rien en fait entre lapizulimachin et lapon... je vais le ranger ce dico pourri. Je comprends rien. Ils savent pas non plus ce que c'est une lapologie. Peut-être un nouveau mot alors. Comme c'est le Larousse Illustré de 2012 je pense que en 2012 il y avait pas encore de lapologistes donc c'est pas encore, bon je file aux WC, j'ai trop besoin de chier. Il est pas très bien le caleçon Pingouins de Madagascar que Papa m'a pris. Je préfère Monstres Academy. Peut-être quand je serai en sixième je pourrai plus choisir. Combien je vais mesurer quand je serai en sixième ? Est-ce que ça existe de devenir plus petit parfois ? Ou de s'arrêter de grandir ? Maman va bientôt être là, elle a dit qu'on jouerait à quelque chose. Oh merde j'ai commencé à faire la voix de Bob Razowski à voix haute, j'espère qu'Émeline a pas entendu. Elle va se demander ce que je fais aux toilettes. C'est moi qui fais la mieux de toute l'école la voix de Bob, y a au moins... 3... 4... 5... et avec moi six personnes qui sont d'accord. Peut-être qu'une fois je pourrais... je mettrais le caleçon dans un sac et puis ce sac dans un autre sac avec des affaires pour la grande poubelle et qu'ils verront pas qu'il est plus là. Je peux pas le donner à quelqu'un, ils pourraient le savoir un jour. Tant pis. Tant pipi pipi, tant pipi pipi. Je pourrais essayer de trouver une phrase encore plus dure à dire super vite que celle de Jeanne, c'était quoi euh... « ce soir Sacha couche c'est... chez Cherge »... « ce soir Ch, Sacha, couche chez Serge »... Moi je pourrais dire « Tant pis si Pépé » non... Cool pas besoin d'essuyer, c'est tout propre. « Tant pis Papy a fait pipi par terre ». Je vais la dire à voix basse pour qu'Émeline entende pas. C'est un peu facile je crois. Je vais aller prendre mon cahier de films à écrire, je travaille dix minutes. C'est une bonne excuse pour me mettre avec Émeline et puis maman sera contente de voir comment je travaille bien quand elle rentre. Faudra que j'essaie de quand même voir un autre truc balèze à dire. Ça serait cool de sortir ça dans la cour, tout le monde essaierait. Mais faut que ça soit marrant aussi. Il sent bon le savon sur les mains. Ma cousine... euh... cousine couille a coulé... coulé... cool... Ma cousine a une couille cool qui a coulé... je sais pas si c'est dur. Déjà je vais me faire punir. Une fois Adrien il s'est fait vachement fait gueuler dessus par sa maman parce qu'il avait dit je m'en bats les couilles. Il avait dit qu'elle avait pété les plombs, qu'il était puni et tout. Même s'il peut mater les dessins animés par rapport à moi, elle fait chier sa maman parfois. Moi je préfère la mienne. Je sais pas si je peux le demander à Ad' qui il préfère lui, il va peut-être s'énerver. Il fait la gueule super longtemps après. C'est une famille de gens qui se font la gueule. Parfois il est méchant, il a déjà dit à Coralie qu'elle a tellement une sale tronche et qu'elle était tellement trop grosse qu'elle pourra que travailler comme porc à la ferme. Elle était méga triste et... c'était pas bien. Jeanne elle a rapporté que Coralie elle a pleuré. Ouais ok je vais écrire mon histoire. Pourquoi elle est grosse Coralie ? Aux récrés d'habitude elle mange un ou deux trucs comme des... mini-tartelettes avec de la confiture, parfois elle a des brownies en sachet aussi. Je crois pas qu'elle a plus que les autres. Peut-être chez elle, elle mange à fond ? Ou alors elle fait presque jamais caca et alors elle devient de plus en plus grosse. Et son corps c'est que de la merde. Il est trop con aussi Ethan à se moquer de moi parce que je mange des fruits secs et des noisettes. Il me dit ouais sale paysan va, ou salut écureuil, ça m'énerve. J'ai envie de lui mettre un coup de poing des fois mais je crois qu'il est plus fort que moi. Je vais demander Émeline si je peux m'asseoir à la table avec elle et que je ferai pas de bruit.

*

Je vais travailler que dix minutes mais c'est normal je suis encore petit par rapport à Émeline. Elle elle peut travailler deux heures sans respirer, sans s'arrêter je veux dire. Aujourd'hui je vais écrire... sur... Noah, prisonnier de la Xbox One... non j'ai pas envie. Il y a quoi d'autre... ah ouais celle-là, *Les enfants sur la Lune*. Combien il y a de scènes ?... trois, c'est déjà pas mal. J'ai besoin de dix pour faire un petit film en scénario en entier. Ok encore écrire sept scènes. Après on pourra le jouer tous les trois, je sais pas quand.

D'abord je relis comme papa m'a appris pour mieux me souvenir et je sais plus mais c'est mieux...

Scène 1

L'histoire se passe en 2080 sur Terre. On voit des assassins et des gens bizarres qui tuent les derniers animaux pour les manger. Le ciel est tellement pollué qu'on ne voit pas par-dessus dix mètres vers en haut. Tout pue. Les arbres souffrent et beaucoup meurent. Il fait si chaud que l'eau s'évapore du système solaire vers l'univers.

Scène 2

Un groupe de trois enfants se réunit dans une base secrète. Ils s'appellent Alex Sullivan, Nono Koopa et Ad Pastore.

Alex Sullivan : Les gars, la situation est vraiment pourrie.

Nono Koopa : Il faut qu'on se tire de là sinon il n'y aura plus de vie nulle part. On peut pas se laisser faire.

Ad Pastore : Moi j'ai une idée. Fabriquer une fusée et s'en aller sur la Lune. On monte une colonie.

Alex Sullivan : C'est notre seule chance.

Nono Koopa : Bon je vais partir chez Monsieur Lévêque pour voir s'il peut nous donner un plan de construction de fusée. À cette heure-là il doit être chez lui pour corriger des dictées. Sauf s'il est déjà mort. Avec mon kart à triple turbo j'y suis en deux minutes max.

Alex Sullivan : Ça marche. Fais gaffe à toi.

Ad Pastore : Fais attention aux terroristes surtout. Tiens voilà mes protège-tibias magiques, ils peuvent envoyer des rayons nucléaires. Je te file aussi mes gants de boxe spécial dynamite.

Nono Koopa : Rendez-vous ici à la base secrète dans douze minutes, je compte sur vous. Ad, tu me prêtes ton maillot du PSG ?

Ad Pastore : T'es fou ? Pourquoi ?

Nono Koopa : Pour me porter chance, je risque de me faire buter moi. Il me faut un porte-bonheur.

Ad Pastore : Tiens mon pote, avec ça tu risques rien.

Scène 3

Alex, Ad et Nono sont sur la Lune. Ils ont emmené dans leur fusée quelques animaux qu'ils ont trouvés avant de partir. Il y a une baleine dans un aquarium énorme, un canard, un mouton, un cheval, une libellule et le chat d'Alex qui s'appelle Luciole. De loin on voit la Terre toute noire.

Ad Pastore : On a réussi ! J'y crois pas ! On a réussi !

Nono Koopa : Ouais mais il y a du boulot. Voilà des graines que Monsieur Lévêque m'a données. C'est pour les planter sur la Lune. Il a dit que sans ça, on aura jamais d'oxygène.

Alex Sullivan : Heureusement qu'on peut compter sur Monsieur Lévêque. Bon ok je m'en occupe. Moi j'ai fabriqué une combinaison. Je peux survivre n'importe où avec. Donne-les-moi, je planterai les graines.

Elle est trop cool cette histoire, ça fait peur et tout mais il y a aussi que c'est possible de sauver la Terre. Mais c'est sur la Lune qu'il y a de l'espoir grâce aux héros. Et à Monsieur Lévêque. Comment je continue ? Moi je dirais que pendant qu'Alex Sullivan il s'en va planter les graines sur la Lune, Nono Koopa et Ad Pastore ils ont besoin de s'amuser parce qu'ils ont eu beaucoup d'émotions face au danger. Noah il a pensé à emmener sa 3DS, non il en a emmené trois. Comme ça il y en a une pour chacun et ils peuvent faire des parties à plusieurs, par le wifi, génial. La scène 3 ça finit par une partie de Super Smash Bros, avec Nono et Ad qui rigolent. Alors on va dire...

Nono Koopa : C'est cool ce qu'il fait Alex. Vas-y Ad une partie de Smash Bros ça te tente ?

Ad Pastore : Ouais mais je crois qu'il y a pas de magasin de jeux vidéos sur la Lune, en plus on aurait pas d'euros de la Lune pour en acheter.

Nono Koopa : Ouais et ça c'est quoi ?

Ad Pastore : Quoi ! Vas-y mais t'es un ouf...

Et puis voilà, la scène se finit comme ça, tous les deux s'éclatent. Elle fait quoi Émeline... elle regarde par terre, sans rien faire, bizarre. Je pourrais écrire quoi pour la suite ? Faudrait qu'il y ait du danger bientôt. Peut-être des terroristes qui auraient pris sur internet le plan de faire des fusées et qui iraient sur la Lune quand toute la Terre serait morte. Alors ils viendraient pour dégommer tout le travail des héros. Mais s'ils sont trois comment ils peuvent faire contre tous ces gens ? En plus j'ai pas envie que Monsieur Lévêque, Papa ou Maman ils meurent, trop dur. On pourrait dire que... lentement des gens gentils sont venus les aider dans leur but. Et puis y aurait des arbres déjà, des animaux qui existeraient de plus en plus. Est-ce que quand j'aurai l'âge d'Émeline je serai encore moi ? Mais n'importe quoi, on a plus d'anniversaires mais on change pas de personne. Moi je vais pas devenir Adrien, par exemple, ou Coralie. Mais comment ça se fait que moi j'ai... eh c'est la porte c'est maman. Je pense que quand je serai grand comme Émeline, j'aurai écrit au moins trente films déjà. Comme elle se grouille maman, bon je range mon cahier après, je parie qu'elle doit faire pipi. Toujours pareil. Il y a Émeline qui vient derrière. Oh putain elle a failli se la manger, elle est folle Maman d'entrer comme ça, elle a failli lui péter le nez.

LES CLÉS DU MONDE III

S'entraîner deux fois par semaine à un test de QI multiplie le risque d'être cadre salarié de 85%. Le trou de la Sécurité sociale chez les abeilles a été multiplié par 80 en 20 ans. Une abeille espagnole sur trois déclare se servir quotidiennement de Google Maps pour calculer ses itinéraires de butinage.

Un chien sur deux vivant sur la Côte d'Azur dispose d'un accès à internet dans sa niche. 73% des vaches normandes ont honte de la concentration en méthane de leurs pets et rots. Un chien abandonné sur quatre a recours à la prostitution pour subvenir à ses besoins.

60% des hamsters français se déplacent le plus fréquemment dans leur cage à l'aide de leur voiturette. On estime à 10 000 le nombre de fugues de porcs réussissant chaque année en France. Le taux de porcs immigrés dans les colonies de fourmis est passé de 0,02% en 1950 à 1,6% en 2012.

3% des Grecs passent plus d'une heure par jour à construire une machine à remonter le temps. Passer plus de trois heures par semaine dans des magasins multiplie le risque de parler trop fort dans la rue par sept. 59% des gens qui disent cracher quotidiennement par terre pensent qu'il faut pénaliser plus durement les clochards.

Quatre adolescents sur cinq préfèrent prendre l'ascenseur pour monter d'un étage lorsque c'est possible. Faire plus de cinq rires factices par jour augmente les chances de souffrir d'un cancer de l'estomac de 28%.

Tomber d'un avion multiplie les risques de se fracturer une cheville par 270 milliards. Un Japonais sur trois déclare craindre qu'un Chinois lui fasse un jour une clé de bras.

La probabilité pour un Nord-coréen d'être homosexuel serait nulle. Le risque de mourir sous une heure pour un homme embrassant un autre homme sur la bouche devant un islamiste est multiplié par cinquante.

Un jour sur deux, Alain Finkielkraut pense qu'un tiers de la bande de Gaza mérite qu'on s'écrie significativement à son sujet. 61% des Marseillais en âge de voter trouvent que les paupières tombantes de Dominique Strauss-Kahn font mauvais genre.

La concentration en perturbateurs endocriniens dans les eaux de Souris City a été multipliée par 4 de 1998 à 2011. Une souris mâle sur trois se maquille quotidiennement, et une sur trente a opté pour le port du voile.

À Lille en 2010, un habitant de banlieue de confession musulmane sur cinq de plus qu'en 2007 estime à plus de 50% la proportion des habitants de confession juive qui sont persuadés qu'au moins les trois quarts des musulmans ont pu dire dans l'année écoulée une chose vexatoire sur les personnes de confession juive. Un Français sur trois se prénommant Gaëtan sera au moins une fois dans sa vie victime de racisme anti-gitan.

La proportion de rappeurs américains souffrant d'un excès de modestie a diminué de 65% de 1992 à 2011. 45% des esclaves romains déclarent ne pas vouloir d'un travail dans un supermarché actuel.

Un piéton marseillais respire les odeurs de 130 sacs-poubelle par heure de marche. Un escargot devra se contenter de 7 sacs. Un glaneur en reniflera 615 à l'heure. Un mendiant dans les couloirs du métro parisien verra 1200 yeux se détourner des siens par heure. 99,8% des gens qui ont imité Jacques Chirac assurent n'avoir jamais recouru à la mendicité.

92% des hommes qui portent une barbe de trois jours ou plus se disent peu ou pas du tout attirés physiquement par Michel Onfray. Un Français sur trois parle à sa télévision. Un européen insulte en moyenne cinq personnes par heure passée au volant. 30% des voitures volées souffrent de stress post-traumatique.

99,9997% des misanthropes italiens ne possèdent aucune moissonneuse-batteuse. Une femme bat en moyenne 18,3 blancs en neige en 2009 ; un homme 1,7. En 2010, 3% des enfants strasbourgeois de 7 à 10 ans avouent avoir balancé une boule de neige à la tête d'un passant au hasard et s'être échappés dans la foulée. Jeter des pavés sur les pompiers augmente le risque de passer à la télé par 370.

8% des hommes dans le monde souffrent de combustion spontanée chronique. En 2013, 340 hommes et 90 femmes pensaient être Émile Zola. Un trader londonien sur trente mille se cache chaque jour dans les toilettes pour lire Mark Twain. Un Allemand sur huit a un poster de la courbe du chômage dans sa chambre. Une maison européenne est née il y a 48 ans, une émotion il y a 1,2 million d'années.

SKYPE : THOMAS / ÉMELINE

Conversation ayant eu lieu le 17 octobre 2014
17 h 28 à 17 h 43

Émeline :
Tomme-tomme ?
Toc toc toc police
Fais pas semblant de bosser, je sais que t'es en train de bouffer
Ok alors fais signe quand tu verras ça

Espèce de Thomasse :
Non je mangeais pas, désolé je t'ai fait attendre

Émeline :
C'est rien, tu révises tes cycles de Kondratiev ?

Espèce de Thomasse :
Pas trop non, et toi tu faisais quoi ?

Émeline :
En t'attendant j'avais commencé un commentaire sur Rousseau. Enfin j'ai posé mon livre sur mon bureau.

Espèce de Thomasse :
Tu vas parler de Danièle Rousseau et de Lost tu penses ?

Émeline :
Si je veux me taper une note de merde c'est une idée pertinente

Espèce de Thomasse :
Je suis là pour t'aider (à faire de la merde)

Émeline :
C'est gentil, fromage. Tu viens à quelle heure ?

Espèce de Thomasse :
Holà ça sent l'invitation secrète.
Euh... tu serais pas en train d'insinuer

Émeline :
Monsieur utilise le mot insinuer. Intello.

Espèce de Thomasse :
Poissonnière.

Émeline a dit :
Caca

Espèce de Thomasse :

Tu pues tu pues tu pues

Émeline :
Pourquoi ?

Espèce de Thomasse :
Tu pues car tu pues.

Émeline :
Est-il envisageable de parler sérieusement avec toi ou je dois en faire mon deuil ?

Espèce de Thomasse :
Je cite :
Émeline a dit :
Caca

Émeline :
Bon t'as raison, sinon on mange quoi ce soir ?

Espèce de Thomasse :
Je sais pas ce qu'il y a chez toi.

Émeline :
Attends je vais faire une liste de tout ce qu'on a dans le frigo, les placards, le congél. Je reviens dans trois heures.

Statut : Émeline est actuellement occupée

Espèce de Thomasse :

Excellente blague.

Par contre fais pas semblant j'ai pas que ça à foutre en fait

Allô ?

Pourrie ta vanne

Une minute ça suffit peut-être, tu crois pas ?

Elle est débile cette meuf

Vas-y t'es un boulet

Bon je vais me mettre une cuite avec mon père, ça lui tiendra compagnie

Émeline :

Pardon ça me faisait rire de te faire chier

Et j'ai eu le temps de réfléchir, je propose des burgers au tofu rosso, t'en dis quoi Tomme ?

Espèce de Thomasse :

C'est bien

Émeline :

Ça va ?

Espèce de Thomasse :

Tu sais que j'aime ça Lili

Émeline a dit :

Ouais je voulais dire, toi ça va ? On a pu trop se parler aujourd'hui

Espèce de Thomasse :

Comme d'habitude

Toute la semaine c'est les ahuris de service

Le week-end c'est l'autre débile

Ta mère serait ok, enfin tes parents je sais pas, si je restais ce week-end ?

Émeline :

T'es sûr ?

Espèce de Thomasse :

Peut-être

Émeline :

La dernière fois ça a été merdique ensuite...

Mais ça me ferait plaisir, tu pourrais me proposer un kidnapping et on se casse en Espagne, je serais d'accord

Espèce de Thomasse :

Écoute on verra ok ? Il va être 45 faut que je me grouille

Émeline :

Oui oui vas-y

Espèce de Thomasse :
J'ai les deux nouveaux Breaking Bad, je prends mon PC.
Tu pourras t'entraîner à ton imitation de Mike Ermentruc

Émeline :
Cool
Et toi t'imiteras qui ?

Espèce de Thomasse a dit :
Le chien

Émeline :
Il y a pas de chien mec
Je te verrais bien en Hank

Espèce de Thomasse :
Merde je suis en retard
avec tes remarques hyper intéressantes
je vais rater le bus parce que j'aurai lu tes vannes à la
place

Émeline :
Je te fous la paix, viens, file, vole

Espèce de Thomasse :
Je dois pouvoir choper le 57
donc chez toi à 30 à peu près

salut Gemey Maybeline

Émeline :

À très vite Thomasse

joue des maracas

avec Maria Callas

à Dallas

Statut : Espèce de Thomasse est actuellement "Hors ligne"

RECTO : THOMAS

Deux-trois minutes le bus. Foutre le camp de cet appart de merde. Ok, pc éteint, dans la sacoche. Sacoche sacoche sacoche. Saki-saccoche. Ok elle est là. File vole file disait Émeliline. Ou viens file vole. Bon quelques affaires, j'ai dit qu'on verrait. Caleçon, jean, le tee-shirt Vampire Weekend. Je me laverai avec les affaires de Eme s'il faut. Quatre minutes vraiment max en fait. Quand même brosse à dents, hop salle de bains. Peigne s'en fout... Émeline... merde les trucs pour la dissert, retour à la chambre... Sur le, enfin sous le bouquin... Sacoche, reste de la place... là ouais. Un deux trois soleil... Clés poche, portefeuille là. Va mettre tes pompes. Si j'arrive à foutre un pi... hmm allez ta mère. Voilà hop clés dans la serrure, je prendrai pas de... fraude. Avec un euro quarante on pourra prendre un kaki chacun. Ou bien du chocolat à la menthe. Ou de la merde de tortue j'en sais rien. C'est pas le moment. Il descend de l'escalier à cheval, il descend de l'escaca, il descend de l'escaca, il descend de l'escalier avec ses baskets pourries. Elles appartenaient à son triple arrière-grand-père, lequel fit la guerre de 1870 against Bismarck. Ça pue quoi ici putain. Ça doit être les Yilmaz qui préparent leurs trucs, putain fais gaffe, failli te casser la gueule. Ce soir détente. Je vous emmerderai de loin. Encore cinq mois. Ça fait trop quand même. D'abord pécho le bus. Je peux pas courir avec l'ordi. Imagine le con qui pète son PC de 400 euros pour choper un bus qui passe toutes les dix minutes. À ce mec-là moi je lui lolerais dans la face, comme disent les jeunes, les nejeu, les young people, le facebook people. À tous ceux, à vous tous, vous mes frères, qui prenez votre tronche en photo soixante-et-onze fois par jour, je vous dis. Je vous dis : connaissez-vous l'histoire. De Jean-Marc le remarque. Jean-Marc la remorque. C'était dans les années 6o. Jimi Hendrix était assis sur son trône, il matait Game of Thrones dans la remorque, tirée par. Ta gueule, grouille. Sniffe ton air dégueulasse. Monsieur Olevzciski quel est votre objectif dans la vie ? Eh bien mon cher, ne pas crever d'un cancer avant l'âge de trente ans, n'est-ce pas. Là je pourrais dire, les gars, j'ai fait quelque chose de ma vie. Je me serai bien fait plaisir. Bon il y a des gens, mais plusieurs lignes de bus. Je sais pas si le 7 est passé. Je suis pile. Avec le trafic il est retardé peut-être. Sinon je l'ai loupé d'une seconde. J'espère pas. Pas envie de rester planté là. Peut-être le week-end si j'ai assez de couilles. Pourquoi de couilles ? Comme si l'autre en avait pour passer sa vie à me faire chier. Pas commencer avec ces trucs, ça finit jamais après. Sans ça je. Sans Émeline. Si le hasard ou. Enfin si on s'était pas rencontrés. J'avais ma musique mes séries c'est quoi ? En huit mois. J'étais un gros cas désespéré. Anxieux, nerveux, parano, que sur le 18 25 et ci et ça. Bref que Roland continue à déconner, toutes ses grosses merdes, je. Voilà un bus... non c'est le 18. Super. Raté. Avec la vieille là et ses seins qui raclent le sol. Pardon Madame. Fallait manger moins de fromage quand même. Pardon je suis un petit con, écoutez pas ce que je pense. Mémeline va falloir attendre dix minutes en plus, désolé. Euh je disais quoi... plus se laisser piéger dans les craquages du vieux. J'ai tenu dix-sept, enfin onze ans seul. Encore chercher comment foutre le camp. Si c'est pour vivre dans la rue ou... vas-y bouge toi. Deux de tension le mec. Ok il plane à mort. L'espoir fait... fait vivre les attentes de bus. Ouais alors pour le fric. Faudra qu'on mange. Un petit appart. En cité U c'est le mieux, pour commencer ça peut être pas mal. Pour moi. J'aurai droit à une bourse, ça devrait suffire pour le loyer et manger. Faut pas que... l'autre ait à intervenir. Ouais intervenir de quoi ? D'aller se faire enculer au Brésil peut-être. J'aurai dix-huit ans, à l'entrée en fac, c'est pas lui qui a à dire que la bourse lui soit versée. Je vois pas la raison. Renseigne-toi, il est capable. Il a déjà parlé un soir où il était pété qu'à dix-huit ans il me demanderait un loyer, sinon j'avais qu'à m'arracher. Mec t'inquiètes, je me tire, pas besoin d'insister. Voir les conditions. Quelle fac, rien à foutre. Ça laissera déjà le temps de voir comment on fera plus tard, l'argent. Oh les gars vous voulez un micro ? Saoulent putain. Qu'est-ce qu'il y a ? Hein ? Combien de mères ils traitent de putes par jour ? Le CROUS je crois qu'ils demandent le, comment... merde... certificat, non... la... déclaration de revenus pour calculer les droits. Devine qui est capable de refuser de me la filer. Tu veux en faire quoi ? C'est quoi ça le CROUS ? Ça regarde personne ce que je gagne, ça va la tête ? Je devrai rien demander, fouiller dans ses papiers, photocopier discrètement. Avec ton salaire de prolo, tu crois que ça intéresse qui ton avis d'imposition ? Remettre le papier. Allez reste tranquille. Commence par voir comment faire, quoi rassembler. Tu paniqueras ensuite. Ouais aussi faut que je demande Rascalnikov comment il fait pour vivre en fait. Le mec écrit des conneries sur *Le Rapisien*, il fait que traîner sur le 18-25... comment il le paie son loyer ce con ? J'imagine qu'il est au RSA. C'est casse-burnes de devoir attendre vingt-cinq piges. Ça y est j'en peux plus. Putain mais c'est quoi ces attardés. Sont pas du lycée en tout cas. C'est vraiment ça qui plaît aux filles ? Genre le bandit de pacotille, gel et raton-laveur sur la tête, je parle comme si j'allais te péter la gueule quel que soit le sujet, hyper-agressif pour rien. Ego-trip général, ridicule. Bon vos gueules. Vous voulez pas aller bouffer un kebab ? Ou vous shooter au Red Bull. Ta gueule... L'autre genre ah je suis une victime de la France. Avec leur rap de merde. Hypocondriaques du manque de respect. Est-ce que l'idée là... le libéralisme économique dont parle Tabatet, c'est ça l'aboutissement ? Chacun libre d'être aussi con et dangereux tant que la machine à faire délirer le fric tourne à fond ? Je sais pas. T'es pas encore Bourdieu. Ça se pourrait aussi, le même disque joué depuis les temps les plus anciens. Un peu de ça un peu d'autre chose, comme un dessin opaque et... j'en ai vraiment quelque chose à foutre ? J'aimerais rester avec Émeline tout le week-end, c'est ça ou je sortirai marcher au hasard. Décide-toi. J'arrive pas. Et le bus ? C'est le bus magique ? Il s'est envolé ? Marre-toi fort mec, t'es moche t'es con t'auras une vie de merde avec ou sans ta casquette Miami Heat. Dommage le MP3 est chez Émeline. J'en aurais eu bien besoin. Mais autant lui avoir laissé. Faudrait que j'en vole un autre un de ces jours. Passer à la médiathèque, flairer. Snif snif snif un petit MP3 à chourer ? Ou ailleurs. On en aura un chacun, easy life quoi hein les gars ? De la bonne diarrhée humaine qui s'affiche. Ah enfin le bus. C'est bondé, ça va encore puer, postillonner, gueuler. Le coût psychologique du transport du pauvre. Le chauffeur, il s'en branle si j'ai pas de ticket. Sans doute trop mort pour... ou alors il en voit quarante par jour des bouffons dans mon genre. Toute façon ça sera balèze pour un contrôleur de rentrer dans un bus comme ça et faire son boulot. Prépare-toi Émeline, j'arrive ermiter avec toi, émeliner avec toi. C'est difficile de pas avoir de pensées agressives dans la rue, le bus. Enfin ouais je sais pas, c'est le vieux qui m'a... qu'est-ce que je cherche à dire en fait... qu'il m'a contaminé. D'une façon ou d'une autre, l'influence est là. Putain, triste. Je veux rien moi. Je veux fuir... rectifier. J'espère. Pourquoi ils parlent tous ? C'est bizarre d'envoyer chier la terre entière à cause de cinq cassos. Combien de gens j'ai vu depuis que je suis sorti ? Ils tiennent pas lieu d'humanité non plus ces cinq merdes. Ouais ce qu'Émeline m'a apporté. La fille sauve le reste du monde. Je me souviens plus petit, j'avais souvent honte quand je ressentais... dans mon lit à rêvasser. Cauchemarder. Hyperangoisser. Je me demandais ce qui allait pas chez moi, ce que je devais changer pour... pas énerver Roland, être comme les autres, intégré. J'avais la sensation d'être une tapette quoi. Le cahier là, que je cachais derrière le tiroir en bas. Quarante pages, j'avais rempli au moins... avec les façons dont je devais réagir à différentes choses qui arrivaient à la maison, ou dehors, à l'école, les autres. Avoir l'air correct, supportable, ce que je pensais que tout le monde faisait et que je savais pas faire pour je sais pas quelle raison. J'ai tout le temps envie de gueuler à mort. Sale fils de pute, je pourrais lui trancher la gorge. J'étais là à déconner à fond, à souffrir, de ce que je faisais apparemment toujours mal ou de tout ce qui était moi, j'avais pas encore dix ans. C'est de la folie. Merci Émeline. De me supporter déjà. Je peux pas lui dire, c'est... Je me souviens pas moi-même de tout ce que j'ai déliré tout le temps. Je me souviens de cet état d'esprit dans lequel je flottais. Un fantôme. Il y a quelques années. On se rend compte de rien. Comme un aveugle à qui on demande... d'apprendre la peinture. J'ai toujours des trucs de repli, peur, parano, effacement bla bla bla. Le vieux et ses réactions, qu'il aille niquer sa mère. Des fois j'ai envie de le buter ça me rend à moitié barge. Un bon coup de couteau dans sa carotide de merde, et qu'il se fasse bouffer par un clébard. Je pourrais foutre ses os à la poubelle, et fini. Mais je préfère être encore ce que je suis là plutôt que d'être un de ces gogoles en survêt. Ça me rend toujours aussi joyeux les balades en bus. On va jouer à un jeu, le premier qui sourit a perdu. Un deux trois, go. J'aurais pu naître ailleurs, avoir une mère qui se foute pas en l'air, un père... pourquoi pas un frère ou une sœur, ou les deux. Et tout ce truc fraternel ou sisternel. C'est comme ça. La life va ainsi, boite à sardines-dines-dines. Au moins il m'aura pas rossé trop souvent. Juste des gifles, des coups de pied au cul. Enfin quand j'étais en cinquième. Bourré comme un porc... racontait ses... maman, moi... Pourquoi je pense à ça. Poignet dans le plâtre... bonjour Madame je suis tombé en jouant au basket avec des potes. Il m'avait balancé dans tous les sens pendant deux ou trois minutes. J'ai Émeline, je me tire, bouffe ta merde seul. Un petit cancer du foie, ou... estomac. Aucune réussite le bus. Je pars, je le laisse dans son appart hyper laid... dégénéré, j'ai rien à voir avec ce mec. Tu m'étonnes que les gens continuent à prendre leur bagnole et pas le bus. C'est un enfer. Sauf peut-être à cinq heures du mat'. Et encore il doit y avoir souvent des tox qui planent, tu sais pas trop ce qu'ils foutent. Des types bourrés, hyper-susceptibles. Encore deux arrêts. Toutes ces gueules, fait chier d'être si proche. L'autre qui me fout son aisselle dans le pif. Pervers de la sueur. Léthargique. Ils ont l'habitude, faire comme si c'était à peu près normal nos histoires dans le bus. Puis ils iraient se venger sur autre chose. Si je pouvais ramener un petit échantillon dans une boite à Gemey Maybeline. Salut pour les burgers j'ai un condiment, une vraie sueur de bus, c'est local, ça vient de la ligne 7, je sais pas si c'est bio, j'ai pas osé demander. J'ai hésité avec un hydrolat de pet d'un cas social, j'espère que mon choix te plaira. Vite vite. Vas-y dude passe la quatrième, double tout sur ton passage. Casse les couilles la dissert sur les ascenseurs sociaux ou je sais pas quel truc. Dans quelle mesure lalali lalala. Appuie sur le bouton pour le prochain arrêt. Hop... bon, essayer de se frayer un... avant l'arrêt... par... où... non... Zombiland... Merde j'attends dix secondes et je leur rentre dedans. Dépasse le lavomatique, l'immeuble au machin rouge. Bip bip... allez... Fais pas... quel con... ah... la putain de son ancestralité... Allez voilà on y est, tchao les nazes, tirez-vous. Le couillon, j'ai une montée d'adrénaline pour sortir du bus. Bande de sauvages. Ce qu'on peut faire, mais c'est si je reste, c'est un truc comme acheter un kaki. Et voler la tablette de chocolat. Ou l'inverse. En même temps j'aurais peut-être besoin d'un euro pour. Et merde non. Il me reste autour de 4o balles dans le vieux Quid. Je peux tenir deux mois avec. Faudra réfléchir entre-temps, ce que je pourrais taper pour revendre sur eBay. Varier les magasins déjà. Mate la tronche de ces... Bon je m'en fous de leurs vies. Les gars on va se bouffer un kilo d'ailerons de poulet au KFC ? Super. Après l'UFC-que-choisir, le KFC-que-vomir. Qu'est-ce qu'on va foutre nous ? On sera toujours ensemble j'espère, je ferai ce qu'il faut, j'ai rien d'autre. Émeline et son bac littéraire ça mène à rien, elle s'en fout. Elle a raison mais bon. Moi à part me faire élire personne la plus asociale de France, j'ai aucun talent à faire valoir. Je vais pas refourguer de la camelote chourée toute ma vie. Infaisable. Je vais juste finir en taule.

Je pourrais essayer un peu plus les paris en ligne, mais faut un capital de départ sinon pas la peine. Tu pars avec 20 euros tu veux arriver où ? Ça me déprime le fric. Je voudrais juste vivre tranquillement avec. Quels métiers où on travaille seul ? Héritier. Plein les poches, tu branles rien. Si je compte tout ce qu'il a englouti en gnôle, je l'aurais mon blé. Bientôt arrivé. Je pourrais toujours me suicider, c'est gratuit. L'économie, la guerre de tous contre tous. Une résignation tranquille, de se suicider. Je saurai jamais pourquoi maman. Peut-être comme moi... J'ai une porte de sortie, si on arrive à rien. Jamais en parler. Elle a toujours sa gueule de dépressive la vendeuse de Banette. Quand il y a pas de client. Sinon crise de joie. Le bouton hop. Banette le roi du pain de merde, égalité devant le cancer à 70 centimes par jour. Je ressonne dans dix sec... ah ça répond

VERSO : ÉMELINE

Parti le petit jeune. Crevée. Rousseau attendra demain. Range là dans le... Good bye Lénine. Vite voir mes mails encore. Hop... Gmail... Newsletter de La Nutrition, pub de merde, et... encore une connerie de gif de Lydia. Super, je vois que ça bosse dur la doctorante. Je lirai La Nutrition plus tard, méga flemme là. Un quart d'heure de musique, je vais me foutre sur le pieu comme un sac. Playlist numéro huit... random, ok... J'ai plus de tête bordel. Murs vert pâle, qu'allons-nous devenir ? Vous qui m'avez vu dans mon intimité, j'écoute vos conseils d'amis. Ça fait du bien de s'allonger... regarder mes doigts qui bougent. C'était quoi là cette histoire dont elles parlaient la bande à Gaga. Je sais plus... un avare, radin quelque chose comme ça... le mec avait vendu une couille pour dix ou vingt mille euros, truc de téléréalité, peut-être pas en Europe. C'est quoi le plus déprimant, qu'il fasse ça, ou que ça soit filmé, ou qu'il y en a à mater ça... qu'elles en parlent un quart d'heure entre elles plutôt que de fermer leurs gueules. Les glousseuses du lycée Saint-Antoine. Gentilles. Inoffensives. Bientôt fini. Murs verts aux visages fluctuants, c'est une bachelière qui est couchée sur ce lit. Une bachelière. Vous, vous êtes là, tranquilles. Vas-y je mène ma petite vie de mur vert. Pépère. Comme les mousq' et D'Artagnan. Quatre. Moins va-t-en-guerre quand même. Plus... comment dire... sages ?... non... silencieux. Droits comme des i comme droits en morale. Les gardiens flegmatiques du temple. Les bouddhistes de la chambrée. Sans se plaindre, je fais mon taf de mur. La tête de Miss Froberger qui vient. À force de la voir onze heures par semaine. Vade retro Froberger, que veux-tu sorcière ? Ne vois-tu donc pas, Frofro que. Tiens je vais préparer un Earl Grey après pour tous les deux vers... attends... infuse cinq minutes... bon à 15. Je me souviens quand on avait bouffé des spacecakes, on faisait les cons dans le parc. Juillet dernier. Thomas en slip derrière les chauves-souris, quatre heures du mat. Il voulait envoyer une lettre de démission de la part de son père à son usine. Quel con. Si j'avais la force je sauterais à fond dans tous les sens pour... me détendre un bon coup. Ô Roméo, regarde, même respirer m'est ardu. Vois comme mes mots tremblent. Mes veuchs sont gris comme de la merde, ouais bon. Comme de la... de la cendre. Et mes yeux de leurs iris pourpres s'en sont devenus cons et séniles comme des dés à coudre. Roméo ! Ô Roméo, tu te casseras à Bornéo, car Borloo te l'aura... cachalot... hmm... Waterloo... nul. Apprendre à finir ses phrases. Je suis une poétesse médiocre. La fatigue. Migraine. À se cogner la tête contre un mur. Où l'on reparle des murs après quelque intermède. Jessica, Jessica Simpson where has your love gone, it's not in your music, so where has it gone ? Il est... 11. Encore quatre minutes et je me bouge. Pourquoi ? Comment ? Avec quoi ? Où ? Et... C'est la nuit. Dans l'Illinois, Monsieur Frontispice avance, une branche de conifère scotchée sur le haut du crâne. Il chuchote « ftss ftss

ftss » sans arrêt. Non pas tant qu'il soit fou mais c'est là son plaisir. À ses côtés, légèrement en retrait, on voit Madame Froberger, prof de français, en costume de cheval, pipe à la bouche. Elle humecte son naseau à l'aide d'un spray nasal Stérimar. On entend « pschtt pschtt ». Dans les airs vole la ville de Portsmouth, en dérive depuis un tremblement de terre quantique sur le Vieux Continent. Donc la ville plane actuellement dans l'Illinois. Prononcer Illinoïlle. Shit is real. Quand ils voient ça, Monsieur Frontispice et Madame Froberger qui avançaient jusqu'alors à tâtons, n'en peuvent plus de se retenir, ils capturent une poule qui traînait par là et lui reniflent le sexe jusqu'à l'aube. Ça m'a l'air cool. Je lui rends ça à la mère Froberger pour son commentaire sur JJ Rousseau. Qu'en diras-tu ? Seras-tu éblouie par tant de creative writing ? Auras-tu envie de visiter un poulailler ? Frofro, petite renarde grisonnante. Mémé Méline est complètement con. Plus envie de bouger. Rester là quelques mois. Parle plus. Ils m'enverraient le doc Paulus. Paupaulus a le crâne tondusse, et des lunettes qui puent la blette.

— B'jour 'mline, kskivpa ? hein ?

— Chépa mec. Le monde va pas.

— Je vois.

— Qu'est-ce que tu vois docteur Paulus ? Dis-moi tout.

— I seee greeeen treeeees

— Ptdr gros clown va, tu chantes comme une couille molle. Et même comme deux couilles molles tellement c'est asymphonique. Pour moi c'est non. Suivant.

Le visage de Paulus décomposé. Ses yeux jaunissent, ses cheveux s'hirsutent, sa bouche. Est-ce que j'étais toujours comme ça ou c'est parce que tout me fait de plus en plus chier que je raconte que de la merde ? Parce qu'en fait là je gaspille mon temps en phrases dont le sens est faiblement existant. Ou je fais la conne histoire de rire un peu, ou je me cache, je ne pense pas à mes sentiments, ni aux hauts de hurle-vent. Comment me plaindre avec la vie qu'a Tomme ? Comment j'étais à huit ans. Hmmm. Pourquoi huit, et pas dix ou douze ? On se souvient de quoi par rapport à ce qui s'est passé ? Au-dessus de mes forces, qui en est capable ? Le clan des glousseuses ? Il est 6 h 16, une minute de retard. Ok et si on disait 20 ? Ce qui me mettrait en position d'être en avance, et de régler le problème de la dette dans le monde. Quelqu'un est contre dans la salle ? Si oui qu'il le dise ou se la ferme à jamais. Pas de mur vert qui trouve à redire ? Tu peux rester quatre minutes de plus sur ton lit. Fatigue de fin de semaine. Ces trucs toujours à faire qui servent à rien, sinon à faire chier, à montrer qu'on sait brouter. Ces heures. Jours. Je suis pas comme ça, je supporte pas de me plaindre. Mais le lycée... bêle bêle bêle comme une basse-cour... ils sont tous bêle bêle bêle comme... Depuis combien d'années je me dis attends un peu, ça sera mieux bientôt... ça a commencé au collège. Et si ceci et si cela, alors peut-être cela. Je voudrais, je voudrais. Blanc. Non, la paix, qu'on me lâche. Je voudrais du temps, j'aimerais avoir le temps. Ah les beaux jours ! Ou les beaux draps. Ou entre les deux quelque part. Allez va préparer le thé. Le hoodie turquoise. Turquoise. Joli mot. Pour une belle couleur. Efficace et pas chère c'est la meuf que je préfère, c'est la meuf. Thomas debout sur le bateau. Moi allongée sur un tapis moelleux, méditant à l'ombre. Au large des côtes californiennes. Vadrouillant à travers le monde. On boira du thé. Et j'aurais peut-être cessé avec tous mes clichés à l'eau de rose. L'eau de rose croupie. Pas de bruit, peut-être que maman entendra pas avec la télé. Pas envie de parler, répondre à ses histoires débiles. Désolée mais... je m'en fous de ce qu'elle dit c'est comme ça. Je veux pas être. Qui a bouffé du... putain mais bouffon, ça colle sur la plaque. Ça doit être Francesca, parce que ni maman ni Hugo feraient ça. Je vais la jeter par la fenêtre. Déjà Hugo, il cuisine jamais. Ça va puer le brûlé si je nettoie pas, casse-couilles. Que de gros mots toujours. Rien à branler. J'entre dans la chambre de maman et je gueule à fond « BRANLER ! ». Le gros malaise. Pour dix années. Ça serait une bonne excuse pour foutre le camp sur notre bateau. Certes imaginaire. Ma vie n'est qu'une imagination ininterrompue. Et Tomme je l'invente peut-être ? Merde du bruit. Non non non. Pitié. SOS. T'es méchante. Non je veux juste rester au calme. Bon super, merde... chier, je veux pas voir sa tête. Mets un sac sur la tête maman.

*

Rien compris. Enfin rien écouté je crois. Rien à foutre

principalement. Comprends rien de ce qu'elle dit. Ou alors c'est pourquoi elle le dit, elle me le dit. Pourquoi elle croit que ça m'intéresse qu'ils aient réparé l'évier ou je sais pas quel truc dans la maison d'une famille avec quatre enfants dans la région de Montpellier. Même en quoi l'existence de la ville de Montpellier est susceptible de rendre ma vie moins vuvufiante ? Vulvifiante. Vulvi-fiente. Volcanulénifiante. Ses émissions de merde. Meuf ils sont juste là pour te jeter leur publicité sur les yeux. Ne pas avoir compris en 2014, quel est le fuck. Je lui ai même pas dit que Thomas arrivait, ça m'énervait déjà assez son vomito aléatoire. De toute façon lui dire quand, c'est à peine si je peux inspirer et expirer, elle parle sans arrêt puis elle se barre. Super la relation. Je suis perdue. Je sais pas, comment réagir, que dire, penser, être gentille, lui faire remarquer qu'elle est parfois un peu conne, la laisser dans ses aventures, essayer de, de quoi, je sais pas, être tolérante, facile à dire. C'est elle la mère non. Elle souffre, peut-être. Elle est malade et tout mais... je veux dire c'est physique, pas psychologique. Il est 25, cinq minutes avant Thomas. Éclaire-moi de ta lumière. J'ai pas besoin de ça, qu'elle me déprime avec ses conneries. Des fois envie de lui gueuler dessus de la fermer, d'arrêter d'être con, de subir bêtement la vie. Counaille. Hein ? Toc-toc. Maman répond « oui ? ». « Euh pardon de te déranger pendant que tu fais fondre ton cerveau devant la télé... mais je voulais te dire que t'étais une counaille, voilà, je te laisse ». N'importe quoi. L'idée du hérisson est pas mal, maman me parle, se met dans la même pièce, je deviens hérisson. Enfin ça se cache un hérisson, ça s'effraie, c'est pas ça. Quoique je le sois effrayée. Mais pas vraiment dans ce sens. C'était quoi là le truc avec Sébastien, il passe ce week-end. Rester dans la chambre, je veux pas le voir. Thomas Thomas Thomas. Prends-moi dans tes bras. Doux bras. Counaille ça fait penser à Cornouailles. Toujours aucun sens. « Salut maman ça va, au fait il y a des rumeurs en ville comme quoi tu serais le duc de Cornouailles. Rassure-moi t'es une femme ? » Je suis chiante aussi à faire la mélodramatique si vite. Être moins émotive. Se concentrer sur ce que je maîtrise, ce qui importe. Et ça sera déjà pas mal. Non parce qu'après... une fois que je commence à me donner des conseils, des voies, je m'arrête plus. Une liste longue comme un rouleau de PQ de recommandations et aphorismes pour vivre mieux. Doucement. Se concentrer sur. Sur. Le ???... J'aurais préféré être un végétal. Allez c'est prêt, je retourne à la chambre. Tiens Toto, plein d'antioxydants, tu vivras jusqu'à cent trente ans. Je nous verrais bien tous les deux, dans une vie paisible à Okinawa. Lentement joyeux, fous dans un ralenti maîtrisé. Je parle comme dans un livre à faire verser des torrents de larme aux. Oui oui mes petits murs verts, je vous décollerai et vous emmènerai avec. Regarde comme ils sont chou tout de suite à croire qu'on va les abandonner. Toi là-bas mur du placard, t'as déjà les larmes à l'œil ? Tarlouze ! Tarlouze ! Mumur est une tarlouze ! Je rigole. Tu sais que je t'apprécie bonhomme.

Et tu sais que je sais que tu fais ton petit bonhomme de chemin. Je mange ma pomme en marchant, je sifflote. Wesh wesh qu'est-ce t'as toi avec tes cheveux disposés d'une certaine façon que vous autres qualifiez de putain de stylée, hein tu me cherches ? Tu me regardes avec tes yeux de lion, je te transforme en grenouille à l'aide de mon pouvoir grenouillateur. Moi mur vert et méchant. Le mur le plus swag du monde. Je vous le dis mes frères, mes bien chères sœurs, en vérité la logorrhée murale que je viens de me taper. Si les autres se doutaient. Rien à battre. Parfois, je me demandais, je doutais pour de vrai, que papa quand on mangeait avec Francesca et Hugo et que maman travaillait, on mangeait et je me disais qu'il entendait ce que je pensais. Tout ça durait peut-être dix minutes, un quart d'heure. Après je me calmais. Enfin je stressais pas non plus, c'était juste étrange. Qu'est-ce que tu fous Thomas, il est 32. Hier j'étais fille, aujourd'hui je deviens femme, et demain je serai vieille. Après s'il vous plaît brûlez-moi. Les vers de terre, non merci. Dégueulasse l'invention. Je veux bien le paradis c'est trop demander, mais se faire violer la viande par des vermisseaux écœurants, arrêtez aussi. C'est pas un projet qui déborde de bienveillance hein. C'est malsain, qui a décidé ce bordel ? Vous aussi murs, vous aussi un jour vous retournerez à la poussière. T'arrête de parler aux murs ouais. Oui maman. Merci maman. Lundi c'est re-tranche de rigolade. Mercredi, Alexis, devoirs, bac. J'ai que deux jours là, avec de la chiasse à réviser. Par pitié détends-toi. On voit mieux sans... Euh sans. Super. L'aphorisme mort-né. C'est normal cinq minutes de retard. Tu croyais quoi, à 30 pile, le doigt thomasien appuyant sur le bouton de la sonnette enveloppé dans un halo doré. Emmenant avec lui un panda. Est-ce que Thomas me supportera longtemps, tout le temps. Je le supporterai ? Ok j'ai réussi à rester calme 4,3 secondes. Game over. Try again. Oin oin oin je m'appelle Émeline, je supporte rien et personne. Je ris noir ou sous cape. Et... dans le soleil de ma torpeur. Non. Dans le soleil de ma... sparadrap. Bouffonne. Tête qui tourne. Euh têtkitûuurne. La question... c'est... comment faire quand on pressent que toute sa vie les gens nous seront insupportables ? Animal social, animal social. Je vais pas passer ma vie au bal. Rien à foutre du prix du baril de pétrole. Je me sens si conne parfois. Impression de raconter que de la merde. Mauvais moment mauvais endroit partout tout le temps. C'est comme de l'eczéma de cerveau vingt-quatre sept. Et vas-y pour te le gratter. Peut-être un nano-coton-tige à rentrer par l'oreille, ça a sonné. Vitvite, c'est la tomme, la terre entière peut puer du cul, plus rien à foutre. Par ici interphone

Dépôt légal – décembre 2016

www.ingramcontent.com/pod-product-compliance
Lightning Source LLC
Chambersburg PA
CBHW060045150626
46556CB00018BA/2703